久久不见久久见

——仓央嘉措经典诗歌三语赏鉴

རིན་འཛིན་ཚངས་དབྱངས་རྒྱ་མཚོའི་མགུར་གླུ་སྐད་གསུམ་ཟ་བའི་བདུད་རྩི།

Trilingual Versions of Poems by Tsangyang Gyatso

罗旦　译著

中国藏学出版社

58首诗歌均出自2017年新发现的《仓央嘉措诗歌木刻板》，
55首为6言4节，3首为6言6节

Poems of Tsangyang Gyatso

Poet: Tsangyang Gyatso

Translator: Lo Ten

Painting: ChaoFeng, Pan

序　言

罗旦先生邀请我给他的译著《久久不见久久见——仓央嘉措经典诗歌三语赏鉴》写一篇序言，起初我想我的水平低，如若写不好会误大事，便以婉言谢绝了。但后来我被他的坦诚和对学术的执着所感动，于是鼓起勇气，答应了他的要求，且暗暗下决心，尽心尽力地完成此事。

众所周知，第六世达赖喇嘛仓央嘉措既是藏传佛教格鲁派的精神领袖，又是通达世俗之道即人情世故的杰出诗人。他的诗歌或俗称“仓央嘉措道歌”，深深地影响着历代藏族人民，并牢牢地记在自己的脑海里。

现就职于西藏中华文化学院的罗旦先生，当他在攻读博士学位的时候就开始潜心研究有关仓央嘉措的文化，他酷爱仓央嘉措的诗歌，曾参加过“西藏仓央嘉措文化研究会”，在此前后撰写论文，翻译文籍和搜集有关资料。

我读完罗旦先生的译著《久久不见久久见——仓央嘉措经典诗歌三语赏鉴》的全部内容后，很有一气呵成，爱不释手之感觉。其内容为叹为观止的 58 首藏、汉、英三种文字对照的诗歌，如此精练准确的藏译汉文诗歌我还是第一回看到。依我之见本译著具有以下四个方面的特点：

其一，汉文诗歌中把藏文六言四句改译成五言绝句，采取这种译法是译者充分考虑到诗歌的阅读对象，汉文诗是提供给喜欢藏文化但不识藏文的汉族读者用的，当然凡是能识汉文的都可以阅读。更重要的是汉文诗中广泛应用五言绝句，这是读者最为熟悉的，如果将藏文六言四句生搬硬套，其结果不言而喻。

其二，为了使读者深刻体会诗歌的内容，摈弃了偏离原文、枯燥晦涩、注释连篇的直译手法，采用了忠实原文、言简意赅、通俗易懂的意译手法。

其三，58 首诗歌的每一首都是藏、汉、英三种文字的对照，这种对照能体现不同语言的表达方式和思想情感，同时也能看到是否忠实原文。不妨试以第 13 首为例：

ངང་པ་འདམ་ལ་ཆགས་ནས།།
རེ་ཞིག་སྡོད་དགོས་བསམས་ཀྱང་།།
མཚོ་མོར་དར་ཁ་འཁྱིགས་ནས།།
རང་སེམས་ཁོ་ཐག་ཆོད་སོང་།།

黄鸭恋池沼
欲做须臾客
无奈冰作梗
悻然断念想

The yellow duck hankered to float upon the marsh,
Even a moment will do.
Yet the ice on the lake,
Crushed his hope.

汉文诗歌体裁类似唐诗，举例如下：

白日依山尽，
黄河入海流。
欲穷千里目，
更上一层楼。

其四，我认为基本上达到了翻译古今诗文和散文所要求的信、达、雅三个标准。

总而言之，这个译著是作者多年以来博览群书，刻苦钻研，集思广益，在总结前人经验的基础上，用自己的汗水和智慧换取的精品。诚然世上没有十全十美的事，切记，要精益求精，更上一层楼。

罗桑旦增（中央民族大学藏学研究所教授）

2021 年 9 月 25 日写于北京宅子

Foreword

Mr. Loten is one of the distinguished scholars of Tibet Autonomous Region (TAR) in this generation. He received his doctorate degree from the Minzu University of China. He works in the Institute of Socialism of TAR as a research scholar. I came to know that he had strong inclination to translate the 6th Dalai Lama's poems and began research work during his Ph.D. studies. During our many years of friendship, he often spoke about translating and bringing a book on it from a different perspective. He has been continuously doing research on it even after he got his doctorate, which reflects his strong determination. Also he has much experience of working with the communities of TAR and is a well-travelled person domestically and internationally. He interacts with many scholars from different backgrounds and has much knowledge to write such a book.

What fascinated me was when he explained what he wanted

to do was to translate it to English with the idea of a community with a shared future for mankind. That really made me feel he should do this translation as it could help readers of Tsangyang Gyatso's poems to understand the true meaning and the essence of Chinese culture to some extent.

Current coronavirus pandemic aroused global great concern and accelerated worries,which caused more and more people realized that mankind shares the same future no matter what country you are from,what religion you worship, what race you belong to. However, China, the champion of pandemic fight as some foreign media reported, has demonstrated outstanding strength and tremendous confidence. Chinese culture gradually became one of the research focuses of many intellectuals, and Mr. Loten is one of them.

"White crane! Lend me your wings. I will not fly far, from Lithang I shall return." (Tibetans believe that he was deciding where he wanted to be reborn, and the 7th Dalai lama was born in Lithang.)

The original poems have original meaning in Tibetan society. But side the poetic translation by some non-Tibetan writers are simple, connected to everyday life, mostly about lovers are missing each other and how it affects them. It's very superficial understanding. Mr. Loten firmly believes the pursuit to civilization, harmony, justice, etc., are the core value of the poems.

Though I am not a great reader of Tsangyang Gyatso's poems, I admire the enormous hard work Mr. Loten has put in and I feel he would do justice to this work because of his respectable background both in academics and experiences.

Finally I congratulate Mr. Loten as he has completed this book. I am sure this book will help many readers around the world to comprehend Tsangyang Gyatso's poems from a fresh perspective. Especially those who don't read Tibetan but interested in his poems can understand the poems beyond just romantic thought and through the perspective of the new generation Tibetan writer. I wish him good luck!

Prof. Ciren Yangzong

Urban & Resource Department, College of Science,

Tibet University

September 26, 2021

Holy Lhasa

致罗旦教授的一封信

尊敬的罗旦教授：

见字如面。能和您再续前缘，尤其是缘于对古诗词、翻译、仓央嘉措的热爱，更是殊胜。

对仓央嘉措的喜爱是在读博士期间产生的，尽管当时还写了一篇关于仓央嘉措下落的论文，以及翻译了一篇关于《秘史》的英文，就再也没有涉及了。回到拉萨后，在巴桑罗布老师等几位前辈组织下，成立了“西藏仓央嘉措文化研究会”。尽管如此，对于仓央嘉措诗歌的翻译一直是我的一个愿望。2016 年在山南驻村时，就开始动手进行搜集和翻译。期间时断时续，今年，又开始翻阅、学习白居易、陶渊明等诗人的诗歌，毕竟翻译成汉文主要还是给汉族同胞看的。不能一厢情愿地按照藏族的语言习惯、文化心理在那里闭门造车。尤其是想尝试能否把仓央嘉措的 6 言诗译成 5 言，这个想法让我既激动，又紧张。尽管如此，我还是决定试一试，毕竟已经不再为名和利所困，只求对仓央嘉措的诗歌以翻译作品作为最高的文化供养，如果还有点私心，驾鹤西归之时，留一份纪念给妻儿就是我最大的愿望。

就翻译本身而言，我已摈弃较为娴熟的直译，而是采取了在基本兼顾原意的基础上，在适度范围内，以我个人的经历结合仓央嘉措的诗歌以及汉民族的文化心理，进行再提炼、再创作。这也是为什么是“译著”而非“译注”的原因。如果说对此次翻译有什么目标，那就是许渊冲先生提倡的“内容美、形式美、韵律美”。

在中央民族大学读博士的时候，课堂上您经常以汉语古诗词诠释藏文化的场景，是那么自然、陶醉、美好，总是那么酣畅淋漓，却永远意犹未尽。有一次，到您家门口请教一个问题，由于您不知道钥匙放哪里了，我们俩索性就在铁窗内外忘情的交流。令人忍俊不禁的画面，却随着您抑扬顿挫的声调幻化成绝无仅有、无与伦比的美景……

此次，本来想请陈庆英先生写个序，就像其他几本书一样，可造化弄人，先生身体欠佳。于是，“序”反而成了这本新书最后的空白。昨天在微信朋友圈发了英文版的古诗翻译，您的敏锐、您的直接，让我意识到这是老天的安排。想象“译著：罗旦，序：罗旦”，真是妙不可言！美哉幸哉！

以上是我的一些零零碎碎的想法，不过保证真实、绝无造作，也希望对您写序有所帮助。谢谢您！

罗旦

2021 年 9 月 22 日于成都

目　录

1

པོ་ཏ་ལ་རུ་བཞུགས་དུས།།
རིག་འཛིན་ཚངས་དབྱངས་རྒྱ་མཚོ།།
ལྷ་ས་ཞོལ་དུ་སྡོད་དུས།།
འཆལ་པོ་དང་བཟང་དབང་པོ།།

布宫[1]圣至尊
仓央嘉措师
逻些[2]浪迹者
唐桑旺布[3]汉

When residing at Potala Palace,
I am the God-King, Rinzin Tsangyang Gyatso[4].
When fooling around Lhasa city,
I am the libertine, Tangsang Wangbo[5].

① 指布达拉宫。

② 拉萨之古称。

③ 仓央嘉措曾用俗名。

④ Tsangyang Gyatso (Tibetan: ཚངས་དབྱངས་རྒྱ་མཚོ, Wylie: Tshangs-dbyangs rgya-mtsho, ZYPY: Cangyang Gyamco; 1 March 1683 – 15 November 1706) was the 6th Dalai Lama.

⑤ Tangsang Wangbo (Tibetan: དང་བཟང་དབང་པོ, Wylie: Dang-bzang-dbang-po) is another name of Tsangyang Gyatso.

2

ཤར་ཕྱོགས་རི་བོའི་རྩེ་ནས། །
དཀར་གསལ་ཟླ་བ་ཤར་བྱུང་། །
མ་སྐྱེས་ཨ་མའི་ཞལ་རས། །
ཡིད་ལ་འཁོར་འཁོར་བྱས་བྱུང་། །

皎月东山顶
如如妙止观
映入谁娇容
是那未生娘[1]

Over the eastern mountain peaks,
Rises the purely white moon.
No matter how it looks like,
Unexpectedly here comes adorable face of the great mother, Prajñā-Śūnyatā.

---

① 出自于道泉教授《仓央嘉措情歌（于道泉中英对照译本）》，“未生娘”系直译藏文之 ma-skyes-a-ma 一词，即少女。

3

སྒོམ་པ་བླ་མའི་ཞལ་རས། །
ཡིད་ལ་འཆར་རྒྱུ་མི་འདུག །
མ་སྒོམ་བྱམས་པའི་ཞལ་རས། །
ཡིད་ལ་ལྷ་ལེ་ལྷ་ལེ། །

观修上师相
未入安住境
乍见俏娇颜
挥之而不去

Meditating on the image of Guru,
Failing to focus on my mind.
Since the image of my love,
Can’t be driven out of my mind.

4

ཁྱི་ཀན་རྒྱའུ་ཟེར་བ།།
རྣམ་ཤེས་མི་ལས་སྤྱང་བ།།
སྲོད་ལ་ལང་སོང་མ་ཟེར།།
ཐོ་རངས་ལོག་བྱུང་མ་ཟེར།།

老獒美须髯
聪慧更胜人
莫言黄昏去
莫言佛晓归

You, old bearded yellow dog.
Though, more sagacious than man in intelligence.
Tell nobody that I slipped out at nightfall.
Tell nobody that I returned at daybreak, either.

5

དབུ་ཞྭ་དབུ་ལ་བཞེས་སོང་། །

དབུ་ལྕང་རྒྱབ་ལ་དབྱུགས་སོང་། །

ག་ལེ་ཕེབས་ཟེར་བྱས་པས། །

ག་ལེ་བཞུགས་ཞེས་ཟེར་གིས། །

ཐུགས་སེམས་སྐྱོ་ཡོང་བྱས་པས། །

མགྱོགས་པོ་འཕྲད་ཡོང་གསུང་བྱུང་། །

圆帽扣头顶
柳辫甩身后
道声请慢走
回句君留步
诉声伤离别
告句待相会

(He) put the hat on (his) head,
And threw (his) queue on (his) back.
“Bon voyage” said (the one),
“Take care, please” said (the other).
“Parting is suffering” murmured (the one),
“Farewell” answered (the other).

6

སྲོད་ལ་བྱམས་པ་བཙལ་བས།།
ཐོ་རངས་ཁ་བ་བབས་བྱུང་།།
གསང་དང་མ་གསང་མི་འདུག །
ཞབས་རྗེས་གངས་ལ་བཞག་ནི།།

日暮会佳人
拂晓飞琼花[①]
本欲匿行踪
足迹落雪径

I slipped out to date her at twilight,
And snow started to fall heavily at dawn.
No use to conceal secret,
While footprints on snow talk anyway.

① 出自南宋诗人杨万里的《观雪二首其一》“落尽琼花天不惜，封他梅蕊玉无香”。

7

མེ་ཏོག་ནམ་ཟླ་ཡལ་སོང་། །
གཡུ་སྦྲང་སེམས་པ་མ་སྐྱོ། །
བྱམས་པའི་ལས་འགྲོ་ཟད་པར། །
ང་ནི་སྐྱོ་རྒྱུ་མི་འདུག།

花期已然逝
蜂儿莫心忧
从此是路人
伤悲为哪般

Spring flowers fade in the fall,
It's not wise for turquoise blue bees to mourn.
My sweetheart is doomed to part,
It's not reasonable for me to grieve either.

8

བྲིས་པའི་ཡི་གེ་ནག་ཆུང་།།
ཆུ་དང་ཐིགས་པས་འཇིག་སོང་།།
མ་བྲིས་སེམས་ཀྱི་རི་མོ།།
སུབ་ཀྱང་ཟུབ་རྒྱུ་མི་འདུག།

妙笔书黑字
雨水冲无影
画卷印心岩
擦拭亦枉然

The black written words on paper,
Vanished with water and drops.
Unwritten mind pictures on the contrary,
Can not be erased easily.

9

མཚན་ལྡན་བླ་མའི་དྲུང་དུ།།
སེམས་འཁྲིད་ཞུ་བར་ཕྱིན་པས།།
སེམས་པ་བསྒོར་ཀྱང་མི་ཐུབ།།
བྱམས་པའི་ཕྱོགས་ལ་ཤོར་སོང་།།

具格本师前
本欲求正法
无奈心无踪
流连红袖旁

In an attempt to seek enlightenment,
I approached the renowned master.
However, I can not rein my heart,
As it beats for my love.

10

འཛུམ་དང་སོ་དཀར་བསྟན་ཕྱོགས།།
གཞོན་པའི་བློ་ཁྲིད་ཡིན་འགྲོ།།
སྙིང་ནས་ཞ་ཚ་ཡོད་མེད།།
དབུ་མནའ་བཞེས་རོགས་གནང་དང་།།

莞尔一笑间
吾心似陷落
倘若心相印
何俱立誓言

The beauty grinned with delight toward me,
To steal away my young heart.
If her love is sincere from heart,
An oath is suggested.

11

གཏན་གྲོགས་ཁྱོད་ལ་བསམས་པའི།།
ཁྲེལ་དང་ངོ་ཚ་མེད་ན།།
མགོ་ལ་བརྒྱབ་པའི་གཙུག་གཡུས།།
སྐད་ཆ་བཤད་ནི་མི་ཤེས།།

娘子所思量
罔顾廉与耻
头顶绿松石
岂能道人言

My love,
If you don't have the sense of shame,
It is very much like the turquoise on your head.
Though witnesses everything,
Would not speak humanly.

12

བྱ་དེ་ཁྲུང་ཁྲུང་དཀར་པོ། །
ང་ལ་གཤོག་རྩལ་གཡར་དང་། །
ཐག་རིང་རྒྱང་ནས་མི་འགྲོ། །
ལི་ཐང་བསྐོར་ནས་སླེབས་ཡོང་། །

翩翩白羽鹤
假予吾羽翼
千里不求至
理塘去归来

Oh, you, white crane,
Please lend me your wings.
I will not fly far,
Just make a round trip to Lithang.

13

ངང་པ་འདམ་ལ་ཆགས་ནས། །
རེ་ཞིག་སྡོད་དགོས་བསམས་ཀྱང་། །
མཚོ་མོར་དར་ཁ་འཁྱིགས་ནས། །
རང་སེམས་ཕོ་ཐག་ཆོད་སོང་། །

黄鸭恋池沼
欲做须臾客
无奈冰作梗
悻然断念想

The yellow duck hankered to float upon the marsh,
Even a moment will do.
Yet the ice on the lake,
Crushed his hope.

14

གྲུ་ཤན་སེམས་པ་མེད་ཀྱང་།།
རྟ་མགོས་ཕྱི་མིག་བལྟས་བྱུང་།།
ཁྲེལ་གཞུང་མེད་པའི་བྱམས་པས།།
ང་ལ་ཕྱི་མིག་མི་ལྟ།།

空心马头舟
到岸亦回眸
无德负心人
别离不回头

Though the boat has no heart,
The horse-head① turned back.
The beloved of mine was shameless,
Parted me without a look back.

① The head of a wooden boat is usually carved with a horse's head facing back.

15

སེམས་པ་འདི་ལ་འགྲོ་འགྲོ། །
དམ་པའི་ཆོས་ལ་ཕྱིན་ན། །
ཚེ་གཅིག་ལུས་གཅིག་ཉིད་ལ། །
སངས་རྒྱས་ཐོབ་པ་འདུག་གོ། །

与其恋红尘
莫若修正法
此生此世间
必能证菩提

Ignorance breeds infinite illusions.
If I follow the path of the Dharma,
I would certainly attain enlightenment,
Surely, in this one lifetime.

16

རླུང་རྟ་ཡར་འགྲོའི་དུས་ལ།།
རླུང་བསྐྱེད་དར་ལྕོག་བཙུགས་པས།།
མཛངས་མ་མ་བཟང་བུ་མོའི།།
མགྲོན་པོར་ང་རང་བོས་བྱུང་།།

否极泰来际
插幡祈福运
良家俏碧玉
邀吾座上宾

When luck was running good,
I planted good-luck flags.
And the elegant lady of good family,
Invited me to her home.

17

ཧ་ཅང་སེམས་ལ་སོང་ནས།།
འགྲོགས་འདྲིས་ཨེ་ཡོང་དྲིས་པས།།
འཆི་བྲལ་བྱུས་ན་མིན་པ།།
གསོན་བྲལ་མི་བྱེད་གསུངས་བྱུང་།།

试问解语花
可否结连理
对曰待死别
绝不愿生离

Falling in love at first sight,
Wonder if she be my girl.
Nothing can part us except death,
Said she.

18

སྙིང་གཏམ་ཕ་མར་མ་བཤད།།
ཆུང་འདྲིས་བྱམས་པར་བཤད་པས།།
བྱམས་པ་ཤ་ཚོ་མང་ནས།།
གསང་གཏམ་དགྲ་བོས་གོ་སོང་།།

缄默高堂前
倾述红粉旁
红颜多情郎
仇家躲其中

Sharing secrets with his love instead of parents,
Which leaked out to the opponents.
Since she is passionate,
There is nothing secretive.

19

ནོར་བུ་རང་ལ་ཡོད་དུས།།
ནོར་བུའི་ནོར་ཉམས་མ་ཆོད།།
ནོར་བུ་མི་ལ་ཤོར་དུས།།
སྙིང་རྒྱུང་སྡོད་ལ་འཚང་བྱུང་།།

持宝却不识
只道是寻常
刹那易主时
方知是难得

When the gem was in your possession,
Its value was not well appreciated.
As soon as it lost to others,
One will suffer scorn.

20

བུ་མོ་ཆུང་འདྲིས་བྱམས་པ།།
སྤྱང་ཀིའི་རིགས་རྒྱུད་མིན་ནམ།།
ཤ་འདྲིས་ལྤགས་འདྲིས་བྱུང་ཀྱང་།།
རི་ལ་ཡར་གྲབས་མཛད་གྱིས།།

楚楚俏娇娘
无情比豺狼
销魂春宵夜
仍欲别情郎

My childhood sweetheart,
Ruthless as an wolf.
In spite of my gentlest caress,
She still hungers for next romance.

21

མི་རྟག་འཆི་བ་ཟེར་བ།།

སྙིང་ནས་མ་དྲན་ན་ནི།།

སྤྱང་གྲུང་འཛོམས་ཀྱང་དོན་ལ།།

ལྐུག་པ་ཞིག་དང་འདྲ་བྱུང་།།

谓生死无常
然无意自省
虽聪慧过人
与痴人何异

To remind yourself of the impermanence of death,
Is key to daily mental practice.
Otherwise you will probably behave like a fool,
No matter how intelligent you are.

22

བུ་མོར་འཆི་བ་མེད་ན།།
ཆང་ལ་འཛད་པ་མི་འདུག།
གཞོན་པའི་གཏན་གྱི་སྐྱབས་གནས།།
འདི་ལ་བཅོལ་བས་ཆོག་ཆོག།

美人若永生
美酒永不竭
真相若如此
少年愁哪般

As long as the beauty stays young to eternity,
The wine would not be drunk up.
It's a safe haven for youth,
No need to blame the brew and love.

23

འགྲོ་ཞོར་ལམ་བུའི་སྙིང་སྦུབ།།
ལུས་དྲི་ཞིམ་པའི་བུ་མོ།།
གཡུ་ཆུང་གྲུ་དཀར་རྙེད་ནས།།
བསྐྱུར་བ་དེ་དང་འདྲ་བྱུང་།།

匆匆过往客
悠悠识兰香
漫漫红尘路
茫茫寻玉人

Running into a charming lady,
I smelled nothing but tempting fragrance.
It's like gaining an white jade,
And losing it afterwards.

24

མི་ཆེན་དཔོན་པོའི་སྲས་མོ།།

ཁ་འབྲས་མཚར་ལུགས་བལྟས་ན།།

ཁམ་སྒོང་མཐོན་པོའི་རྩེ་ནས།།

འབྲས་བུ་སྨིན་པ་འདྲ་བྱུང་།།

小女自侯门
深闺初长成
汪汪比蟠桃
坠坠压枝条

The daughter from high ranking family,
Blossoming beauty and youthfulness.
It's like ripened peach fruit,
Hanging heavily over the top of high tree.

25

སྙིང་ཐུབ་བྱ་རྗེ་ལམ་འཕྲད།།
ཨ་མ་ཆང་མས་སྒྲུར་བྱུང་།།
ལན་ཆགས་བུ་ལོན་བྱུང་ན།།
འཚོ་སྐྱོང་ཁྱོད་རང་གནང་ཞུ།།

不期遇佳人
酒娘来说项
倘若负情债
生计尔等担

After encountering my love on a path made of cobblestones,
She, the lady bartender, volunteered to be our match maker.
In case it brings me karmic debt,
Supporting us would be your duty.

26

རང་ལ་དགའ་བའི་བྱམས་པ།།
གཞན་གྱི་མདུན་མར་བླངས་སོང་།།
ཁོག་ནང་སེམས་པའི་གཅོང་གིས།།
ལུས་པོའི་ཤ་ཡང་སྐམ་སོང་།།

昨夜妙女郎
今日他人妻
吾心似刀割
形容渐枯槁

Sweet heart who truly loved me yesterday,
Is to wed another person today.
Suffering from lovesickness inside,
My flesh body dried up.

27

བུ་མོ་ཨ་མར་མ་སྐྱེས།།
ཁམ་བུའི་ཤིང་ལ་སྐྱེས་སམ།།
ཨ་གསར་ཟད་པ་ཁམ་བུའི།།
མེ་ཏོག་ལས་ཀྱང་མགྱོགས་པས།།

女子非凡胎
莫非桃花生
性情多善变
堪比那花期

I wonder if the girl was born out of the peach tree,
Without the heart of an ordinary.
Because her love lasts even shorter,
Than the blossoming period of a flower.

28

ཆུང་འདྲིས་བྱམས་པའི་རླུང་བསྐྱེད།།

ལྕང་མའི་ལོགས་ལ་བཙུགས་ཡོད།།

ལྕང་སྲུང་ཨ་ཇོ་ཞལ་ངོས།།

རྡོ་ཀ་རྒྱག་པ་མ་གནང་།།

祈福似花人
挂幡柳条枝
护林大官人
切莫掷石子

For the good luck of my childhood beloved,

I hung the prayer flag on the tree.

Dear forest ranger,

Please, do not stone it.

29

བརྒྱབ་པའི་ནག་ཚུང་ཐེའུས།།
གསུང་སྐད་འགྱོན་ནི་མི་ཤེས།།
ཁྲེལ་དང་གཞུང་གི་ཐེའུ།།
སོ་སོའི་སེམས་ལ་སྐྱོན་དང་།།

无言黑印章
无声胜有声
廉耻无形印
莫忘盖心间

Though the black seal is soundless,
Louder than speech.
Though the seal of merit is invisible,
Stamp on your conscience would be requested.

30

སེམས་སོང་བྱམས་པ་མི་བཞུགས། །
ལྷ་ཆོས་བྱེད་ལ་ཞེབས་ན། །
ཕོ་གཞོན་ང་རང་མི་སྡོད། །
རི་ཁྲོད་ཕྱོགས་ལ་ཐལ་འགྲོ། །

倾慕娇伊人
却遁空门中
余愿弃红尘
修道山林涧

My sweetheart,
If you seek the way of enlightenment,
I will retreat to the mountains for remaining lifetime,
Just for spiritual exploration.

31

སོ་དཀར་ལྷགས་པའི་འཛུམ་མདངས།།
བཞུགས་གྲལ་སྐྱི་ལ་བལྟས་ཀྱང་།།
མིག་ཟུར་ཁྲ་མོའི་སྒྲིལ་མཚམས།།
གཞོན་པའི་གདོང་ལ་བལྟས་བྱུང་།།

嫣然一笑间
宾客眼底收
顾盼流连时
人面桃花映

With a timid smile on her face,
Catching a glimpse of the guests.
On a young man in the corner,
Her eyes briefly rest.

32

མཛངས་མའི་ཐུགས་དང་བསྟུན་ན། །
ཚེ་འདིའི་ཆོས་སྐལ་ཆད་འགྲོ། །
དབེན་པའི་རི་ཁྲོད་འགྲིམས་ན། །
བུ་མོའི་ཐུགས་དང་འགལ་འགྲོ། །

若如佳人意
此生坠红尘
若遁山林间
此世负佳人

To delight the heart of my love,
My pursuit to spirituality would never be fulfilled.
To retreat among mountains,
My journey to her inner world would never be completed, either.

33

ཀོང་ཕྲུག་གཞོན་པའི་བློ་སྣ།།
སྦྲང་བུ་རྒྱ་ལ་བཙུག་འདྲ།།
ཞག་གསུམ་ཉལ་རོགས་བྱས་པས།།
ཐུགས་ཡུལ་ལྷ་ཆོས་དྲན་བྱུང་།།

工布[①]少年郎
似蜂困蛛网
缠绵已三夜
恍恍入梵音

The young from Gongbu[②] in love,
Is like a bee trapped in a spider's web.
Although three days he bedded her,
Dharma drum restarted beating in heart.

① 指今林芝市。

② Also known as Linzhi and as Nyingtri, it is a prefecture-level city in southeast of China's Tibet Autonomous Region.

34

ལྷ་ས་མི་ཚོགས་མཐུག་ལ། །
འཕྱོངས་རྒྱས་མི་སྤུས་དག་ཀ། །
ང་ལ་དགོས་པའི་ཆུང་འདྲིས། །
འཕྱོངས་རྒྱས་གཞུང་ན་ཡོད་དོ། །

逻些人如潮
琼结人若玉
吾之梦中人
温润似瑾瑜

While Lhasa is crowded with people,
Chonggyai[①] has good quality people.
My love from childhood,
Is in the middle of Chonggyai.

① Qonggyai County, (Chinese: 琼结县 ; pinyin: Qióngjié Xiàn; Tibetan: འཕྱོངས་རྒྱས་རྫོང་; Wylie: ’Phyongs-rgyas is located) in southern Tibet, on the west side of yar lha sham po chu and the south side of yar klungs gtsang po.

35

ཁྲི་དེ་སྟག་ཁྲི་གཟིག་ཁྲི།།
ལྡག་ཁ་སྤྱིར་ནས་འདྲིས་སོང་།།
ནང་གི་སྟག་མོ་རིས་འཛོམས།།
འདྲིས་ནས་ཁྲུ་རུ་ལང་སོང་།།

烈犬似虎豹
食团以喂服
花斑河东狮
咆哮不绝耳

No matter if it is a dog fierce as a tiger or a dog fierce as a leopard,
Feed with porridge to tame.
Nevertheless, no matter how well one tries to treat lady,
She keeps acting like a fishwife.

36

ན་ཉིང་བཏབ་པའི་ལྗང་གཞོན། །
ད་ལོ་སོག་མའི་ཕོན་ལྕོག །
ཕོ་གཞོན་རྒས་པའི་ལུས་པོ། །
ལྷོ་གཞུ་ལས་ཀྱང་གྱོང་བ། །

去岁嫩禾苗
今朝麦秸秆
青青少年郎
屈身赛南弓①

The rice seedlings planted last year,
Turned into straw bundles this year.
The body of a once-young man,
Is now bent than a bow from south.

① 西藏南部所产弧度较大的弓箭。

37

སྙིང་ཐུབ་རྐུ་ལ་ཤོར་སོང་།།
མོ་ཆ་རྩིས་འཕྲུལ་རན་སོང་།།
བུ་མོ་དུང་སེམས་ཅན་མ།།
རྨི་ལམ་ནང་ལ་འཕོར་སོང་།།

芳心突遭窃
不觅采花盗
无奈去卜卦
璧人梦中归

Seeking the trace of heart hunter,
To know the whereabouts of my beloved.
By appealing to fortune teller,
My love was found in my dream at long last.

38

ཁུ་བྱུག་མོན་ནས་ཡོང་བས།།
ནམ་དུས་ས་བཅུད་ཐེབས་སོང་།།
ང་དང་བྱམས་པ་འཕྲད་ནས།།
ལུས་སེམས་སྐྱིད་པོར་ལང་སོང་།།

杜鹃自门隅[①]
展翅报春喜
不意逢婵娟
高歌颂欢愉

As the cuckoo from Mon-yul[②],
Flew to the earth full of growing vitality.
As a young man of romance,
Encountered with love full of excitement and refreshing.

---

① 门隅是门巴族主要聚居地，属中国藏南地区，在山南市南部，东方以西巴霞曲与珞隅分界，此诗中特指勒布沟。

② Mon-yul (Tibetan: མོན་ཡུལ་, Wylie: mon yul) refrs to the place where Mon people live.

39

ཤ་འཇམ་ལུས་པོ་འཁྲིལ་ཀྱང་།།
བྱམས་པའི་གདིངས་ཚད་མི་ལོན།།
ས་ལ་རི་མོ་བྲིས་པས།།
ནམ་མཁའི་སྐར་ཚད་ཐིག་ཐུང་།།

佳人怀中倚
芳心隔千里
天象地上算
星相①掐指间

Her soft body can be caressed,
While her deep inner longing can not be measured.
Drawing on the ground astrologically②,
The stars on the sky could positioned.

① 藏族天文历算之学属于藏族传统文化大小十明（学科）中小五明之一，藏语叫“孜”即“算明”。藏族的天文历算是通过对宇宙中星体的运转以及对季节变化的各种数据进行计算，并参照一些物候，分别判断出一年中的月日时，预推各种星体的运行规律及位置来了解气候变化、事物发展的善恶，以帮助群众在生活和生产中避恶扬善的一门独特的学科。2008 年 6 月 7 日，藏族天文历算经国务院批准列入第二批国家级非物质文化遗产名录。

② Tibetan astrology (Tibetan: དཀར་རྩིས, Wylie: dkar rtsis) is a synthesis of various systems of Indian astrology and Chinese astrology. Tibetan astrology is one of the “Ten Sciences” (Wylie: rig-pa’i gnas bcu) in the enumeration honored by this cultural tradition. According to Tibetan astrology, the basic concept of predicting the climate change and natural transformation of things is by observing stellar movement trends and seasons changing, calculating various statistic data, estimate the time, days, months of the year predicts the movements and positions of multiple stars. Tibetan astrology is a unique science that is helpful in both Tibetan people’s daily life and production.

40

བྲག་དང་རླུང་པོ་སྡེབས་ནས། །
རྒོད་པོའི་སྒྲོ་ལ་གཟན་བྱུང་། །
གཡོ་ཅན་རྫུ་བག་ཅན་གྱིས། །
ང་ལ་གཟན་པོ་བྱས་བྱུང་། །

峭壁又狂风
雄鹰难展翅
口蜜又腹剑
忠良遇攻讦

As the eagle was restricted from flying,
By the gale and cliff.
I was trapped from walking,
By the wicked and hypocrite as well.

41

ང་དང་ཚོང་འདུས་བུ་མོའི།།
ཚིག་གསུམ་དམ་བཅའི་མདུད་པ།།
ཁྲ་བོའི་སྦྲུལ་ལ་མ་བརྒྱབ།།
རང་རང་ས་ལ་གྲོལ་སོང་།།

邂逅集市女
誓言露水情
花蛇乐缠绕
转瞬即松脱

The girl from the fair and I chatted briefly,
Hastily we jumped to tie the knot.
It can be untied as quickly
As the snake un-slithers from flowers.

42

སྟོབས་ལྡན་ཧ་ལོའི་མེ་ཏོག།
མཆོད་པའི་རྫས་ལ་ཕེབས་ན།།
གཡུ་སྦྲང་གཞོན་ནུ་ང་ཡང་།།
ལྷ་ཁང་ནང་ལ་ཁྲིད་དང་།།

茂硕哈罗花[①]
已然作供品
孱弱小玉蜂
亦欲作香客

If gorgeous Haluo Flower[②],
Served for worship,
I too the young turquoise blue bee,
Plead to serve in the temple.

① 即景葵花。
② A garden flower has characters of large and mostly refers to sunflower.

43

དག་པ་ཤེལ་རི་སྐང་ཆུ། །
ཀླུ་བདུད་རྡོ་རྗེ་ཟིལ་པ། །
བདུད་རྩི་སྨན་གྱི་ཕབ་རྒྱུན། །
ཚང་མ་ཡེ་ཤེས་མཁའ་འགྲོ། །
དམ་ཚིག་གཙང་མས་བཏུང་ན། །
ངན་སོང་སྐྱུང་དགོས་མི་འདུག །

达巴协日①水
脉花党参汁
良材甘露酵
益西康卓酿
知己美酒敬
恶趣②永不坠

The snow water of Dagpa Shel③ mountain,
The liquid of codonopsis,
Are both good medical material.

① 指西藏山南市隆子县扎日神山，还有一种说法是西藏林芝市米林县的一座山峰。

② 指佛教六道轮回中的地狱道、饿鬼道、畜生道。

③ Dagpa Shel (Tibetan: དག་པ་ཤེལ, Wylie: dag-pa-shel); Ri (Tibetan:རི, Wylie: ri) Dagpa Shelri, meaning Pure Crystal Mountain, locates in Tsari.

Yeshi Khandro[①],

The bartender,

Witnessed an oath with a toast.

Therefore it is not likely to fall down,

To three evil destinies[②] accordingly.

---

① Yeshi Khandro (Tibetan: ཡེ་ཤེས་མཁའ་འགྲོ, Wylie:Ye-shes-mkha'-'gro) is the bartender's name.

② According to the Tibetan Buddhist philosophy, the samsara is divided into six realms which are gods, asuras, humans, animals, pretas (hungry ghost), hell beings. The last three realms refer to three evil destinies.

44

སེམས་པ་ཕར་ལ་ཕྱོར་ནས།།
མཚན་མོའི་གཉིད་ཐེབས་གཅོག་གིས།།
ཉི་མོ་ལག་ཏུ་མ་ལོན།།
ཡིད་ཐང་ཆད་རོགས་ཡིན་པ།།

一顾倾吾心
辗转夜难眠
芳心未俘获
高枕岂无忧

It was love at first sight,
Which made me lose sleep with dismay.
With her not giving me her hand,
Nothing would soothe my grieve.

45

རང་སེམས་སོང་བའི་མི་དེ།།
གཏན་གྱི་མདུན་མར་བྱུང་ན།།
རྒྱ་མཚོའི་གཏིང་ནས་ནོར་བུ།།
ལོན་པ་དེ་དང་མཉམ་བྱུང་།།

誓言心上人
执手赴余生
恰似深海中
觅得至尊宝

If the one who stolen my heart,
Turns to be lifetime companion.
Is like obtaining a priceless gem,
From the bottom of deep sea.

46

རྟ་རྒོད་རི་ཡར་བརྒྱབ་པ།།
སྙི་དང་ཞགས་པས་ཟིན་གྱིས།།
བྱམས་པ་ངོ་ལོག་བརྒྱབ་པས།།
མཐུ་ངོ་ཟིན་པ་མི་འདུག།

野马奔山林
驾驭靠马索
情人若反目
诵咒亦无济

To tame a wild horse,
A lasso will do.
To win back the heart,
Chanting incantations will be of no use.

47

སྙིང་ཐུབ་ཡིད་འཕྲོག་ལྷ་མོ།།
རྗེན་པ་ང་རས་ཟིན་ཀྱང་།།
དབང་ཆེན་མི་ཡི་དཔོན་པོ།།
ནོར་བཟང་རྒྱ་ལུས་འཕྲོག་སོང་།།

想益卓拉姆①
猎人所捕获
然诺桑加鲁②
芳心所归属

The heart of Yidro Lhamo③,
Was hunted by me.
Yet seduced away,
By the mighty lord, Norsang Gyalu④.

---

① 八大藏戏之一《诺桑王子》的主人公之一，为猎人俘获的七仙女之一。

② 八大藏戏之一《诺桑王子》的主人公之一，为北国额登巴的王子。

③ Yidro Lhamo is one of main characters in Tibetan opera *Choegyal Norsang*, who is captured by hunters and herself is as a goddess among seven other goddesses. Yidro means charming in Tibetan; Lhamo means goddess.

④ Norsang Gyalu is another main character in Tibetan opera *Choegyal Norsang*, who is the Prince of the north kingdom. Gyalu means prince in Tibetan; Norsang means prosperous wealth in Tibetan.

48

སྤྲིན་པ་ཁ་སེར་གཏིང་ནག །
སད་དང་སེར་བའི་གཞི་མ། །
བན་དེ་སྐྱ་མིན་སེར་མིན། །
སངས་རྒྱས་བསྟན་པའི་དགྲ་བོ། །

乌云镶金边
酝酿霜与雹
僧衣藏俗欲
欲毁佛与法

Dark clouds with gilt borders,
Foretells frost and hailstorm.
Laymen with cassocks,
Doomed to be the enemy of Buddha and Dharma.

49

ས་དེ་ཁ་ཞུར་གཏིང་འཁྱགས།།
རྟ་ཐོ་གཏོང་ས་མ་རེད།།
གསར་འགྲོགས་བྱམས་པའི་ཕྱོགས་སུ།།
སྙིང་གཏམ་བཤད་ས་མ་རེད།།

平川掩冻土
岂是跑马地
朱颜非故交
岂是知心人

Neither hard nor soft grounds,
Are fitting for horse racing.
Neither new acquaintance nor new love,
Is a fitting person to trust.

50

ཚོས་ཆེན་བཅོ་ལྔའི་ཟླ་བ།།
ཡིན་ལ་འདྲ་བ་འདུག་སྟེ།།
ཟླ་བའི་དཀྱིལ་གྱི་རི་བོང་།།
ཚོ་ཟད་ཚར་ནས་འདུག་གོ།

盈月天际悬
藏历又十五
蟾宫玉兔见
月亏终有时

Full moon hanging in high,
Telling the date of 15th day of the Tibetan calendar.
Jade Hare settling in the lunar palace,
Telling the crescent moon is coming.

51

ཟླ་བ་འདི་ན་ཕར་འགྲོ།
གཉིད་མའི་ཟླ་བ་ཚུར་ཡོང་།།
བཀྲ་ཤིས་ཟླ་བ་དཀར་པོ།།
ཟླ་སྟོད་ཕྱོགས་ལ་མཇལ་ཡོང་།།

此月流逝去
下月复始来
吉祥明皎月
月初待相会

The month passed away,
Will return at the next.
The begining of the auspicious month,
Will be the timing of our date.

52

དབུས་ཀྱི་རི་རྒྱལ་ལྷུན་པོ།།
མ་འགྱུར་བསྟན་པར་བཞུགས་དང་།།
ཉི་མ་ཟླ་བའི་འཁོར་སྐྱོགས།།
ནོར་ཡང་བསམས་པ་མི་འདུག།

居中须弥山
矗立恒永远
桂月绕白驹①
昼夜自有序

The mountain king, Mt. Sumeru, in the centre of the universe,
Stands firmly and stable.
Orbit path of the sun and moon,
Will be followed without error.

① 太阳的雅称。

53

ཚེས་གསུམ་ཟླ་བ་དཀར་པོ། །
དཀར་གོས་ནང་ནས་ཚོད་སོང་། །
བཅོ་ལྔའི་ནམ་དང་མཉམ་པའི། །
ཞལ་བཞེས་གཅིག་ཡང་གནང་ཞུ། །

玲珑初三月
白裳黑披风
不输十五夜
立誓又何妨

The moon on the third day of the Tibetan calendar,
Is as round as the one on the fifteenth.
Hence, it is the right timing,
For taking an oath equally.

54

ས་བཅུའི་དབྱིངས་སུ་བཞུགས་པའི། །
དམ་ཅན་རྡོ་རྗེ་ཆོས་སྐྱོང་། །
མཐུ་དང་ནུས་པ་ཡོད་ན། །
བསྟན་པའི་དགྲ་བོ་སྒྲོལ་དང་། །

十地①大菩萨
金刚阎罗王
若具大法力
何俱灭妖魔

O Yama, the Great Bodhisattva in the tenth stage②,
And the protector of Buddha Dharma as well.
Please, wipe out the foe of Dharma,
If you are almighty.

---

① 大乘佛教将修行的过程分为有十住、十行、十回向、十地。从初地到十地，共有十个阶段，十地菩萨是菩萨的最高阶段，再外一级，就可成佛。

② The Mahayana Buddhism divides the cultivating process into ten abidings, ten practices, ten revolvings, and ten stages. There are ten stages from beginning to the last stage, and the tenth stage of Bodhisattva is the highest stage of Bodhisattva practice, after the tenth stage, then attain enlightenment.

55

ང་དང་བྱམས་པའི་སྐྱེབ་ས།།
ལྷོ་རོང་མོན་པའི་ནགས་གསེབ།།
སྨྲ་མཁན་ནེ་ཙོ་མ་གཏོགས།།
སུ་དང་གང་གིས་མི་ཤེས།།
སྨྲ་མཁན་ནེ་ཙོ་ཨོ་ཤེས།།
གསང་ཁ་རྫོལ་བ་མ་གནང་།།

幽幽会红颜
门隅山林间
悠悠鹦鹉哥
莫述他人知

Me and my beloved,
Sheltered in south forests of Mon-yul,
Only the talking parrot knows about it.
O my dear parrot,
Tell it to nobody.

56

ཤ་འཇམ་ཉལ་གཟན་ནང་གི།
སྙིང་ཐུབ་དུང་སེམས་ཅན་མ།།
ཨོ་ལོའི་རྒྱུ་ནོར་འཕྲོག་པའི།།
གཡོ་རྒྱུ་བཤད་པ་མིན་འགྲོ།

绵绵温柔乡
切切诉衷肠
幽幽美人计
招招探钱囊

Tender soft body girl in bed,
Kind hearted my sweet heart.
Probably is here to loot my wealth,
By seduction and lie.

57

ཤི་དེ་དམྱལ་བའི་ཡུལ་གྱི།།
ཆོས་རྒྱལ་ལས་ཀྱི་མེ་ལོང་།།
འདི་ནས་ཁྲིག་ཁྲིག་མི་འདུག།
དེ་ནས་ཁྲིག་ཁྲིག་གནང་ཞུ།།

往生坠地狱
阎王持业镜
阳间多不平
阴间求秉公

Falling down to hell after death,
I will be judged by Yama on my karma.
Since too much unfairness in lifetime,
Justice is my final wish to him.

58

རྩི་ཐོག་བ་མོའི་ཁ་ལ།།

སྐྱི་སེར་རླུང་གི་ཕོ་ཉ།།

མེ་ཏོག་སྦྲང་བུ་གཉིས་ཀྱི།།

འབྲེལ་མཚམས་གཅོད་མཁན་ལོས་ཡིན།།

霜打青草尖

风助凌霜寒

离间花与蜂

罪魁是风霜

While frost covered grass tops,

Icy wind froze the air.

How could bees gather honey from flowers,

As long as these two intruders interfere.

仓央嘉措家世及其生平略考

巴桑罗布
西藏自治区社会科学院

一、引言

时下，国内有关仓央嘉措的书籍、报刊、音乐制品和网络报道，可谓眼花缭乱、目不暇接。这种“繁荣”现象，或许会给人们带来一些一时的文化快感和心理慰藉。但是笔者对这种泡沫式的“仓央嘉措热”和塑料花式的“繁花似锦”深感忧虑。毋庸讳言，这种现象在某种程度上，使真实的仓央嘉措及其文化精髓或被歪曲、曲解，或深深地埋没在文字垃圾堆里，变得越来越黯淡无光。

笔者撰写这篇文章的初衷是，不昧浅尝辄止之嫌，意在正本清源。于道泉老前辈说，仓央嘉措在“寞地一家信奉红教的世代名门家降生”；对仓央嘉措颇有研究的黄颢先生说，他生在“宇松”“系贫困家庭”；曾缄先生说仓央嘉措系“西藏寞湖人也”；庄晶先生说，仓央嘉措出生于“沃域松——

三洼地”；于乃昌老师说，仓央嘉措“原籍在门隅夏日错所属的派嘎，是贫苦农民，”“做放牛娃，”“域松即乌金林、桑杰林和措结林三地”；段宝林先生说，“他的故乡是西藏南部的闷域的域松地方，”“15 岁前在家参加劳动”。有的老先生也把“错那拉沃域松”中的“错那”二字拆开作种种曲解，等等，不一而足[①]。由于本文所依据的是些鲜为人知的原始史料，因此与先前出版的牙含章先生的《达赖喇嘛传》和陈庆英先生的《历辈达赖喇嘛生平形象与历史》等著作中的一些提法和看法也不尽相同。本文试图援引一些藏文原始史料，仅仅考证、揭示六世达赖喇嘛家世及其一些粗线条似的生平，以作抛砖引玉，还望不吝赐教。

二、父系——密宗大师世家

五世达赖喇嘛・阿旺洛桑嘉措于 1682 年圆寂后，根据其生前安排和遗言，西藏便依例开展其转世灵童的寻访活动。仓央嘉措于藏历第十一饶迥水阴猪年（1683 年）三月初一诞生于门隅拉沃域松（ལ་འོག་ཡུལ་གསུམ）之一的夏尔措白嘎尔宫（པོ་བྲང་པད་མཁར）。仓央嘉措之父为聂氏掘藏大师白玛林巴胞弟乌金桑布后裔、持咒喇嘛仁增・扎西丹增（སྔགས་རིགས་གཏེར་སྟོན་པད་མ་གླིང་པའི་དགོན་པོ་ཨོ་རྒྱན་བཟང་པོའི་གདུང་རྒྱུད་སྔགས་འཆང་བླ་མ་རིག་འཛིན་བཀྲ་ཤིས་བསྟན་འཛིན），母亲系吐蕃赞普后裔白嘎尔瓦・次

① 上述说法均引自《六世达赖喇嘛仓央嘉措诗意三百年——传奇　情诗　秘传　赞辞》，中国藏学出版社，2011 年。

旺拉姆（པད་མཁར་བ་ཚེ་དབང་ལྷ་མོ）。据说，因父母双方家庭不和而由白嘎尔宫搬迁到乌金林（ཨོ་རྒྱན་གླིང་）①。近年考察仓央嘉措母亲故居的学者梅维在《重找仓央嘉措》（ཚངས་དབྱངས་བསྐྱར་དུ་འཚོལ་བ）一书的第 85 页中也说，“仓央嘉措实际上诞生在母亲家里”，后世一般将乌金林视为其诞生地，故而有的说仓央嘉措出生于白嘎尔，有的则认为诞生于乌金林，这是可以理解的。仓央嘉措的父母双方家族在门隅都可以说是煊赫隆盛之族、锦衣鼎食之家。看来仓央嘉措出生于贫困家庭和从小参加劳动、“做放牛娃”的说法及由此推理出来的许多故事都是难以成立的。但是不知为何这种说法长期不绝于耳。或许是由于许多有关的原始史料还未能进入世人的视线。因此我们要正本清源，就需要靠那些迄今鲜为人知的原始史料的帮助。

大约在 15 世纪中下叶，宁玛派掘藏大师白玛林巴（གཏེར་སྟོན་པད་མ་གླིང་པ）以某种授记的名义，将其幼弟乌金桑布（ཨོ་རྒྱན་བཟང་པོ）从布姆塘委派到隐秘乐园门隅拉沃域松去探访、传教。据《白玛林巴传》（藏文）载，白玛林巴于藏历第八饶迥金马年（1450 年）在门隅布姆塘当且日昌（དུམ་ཐང་སྟང་ཆལ་རི་བྲང）诞生（今不丹境内，幼年俗名班久（དཔལ་འབྱོར）。其父系聂顿·顿珠桑布（སྨྱོས་སྟོན་དོན་གྲུབ་བཟང་པོ），母

① 两个家族恩恩怨怨好几代。参见《白玛林巴传》木刻版第 220 页；第司·桑结嘉措:《仓央嘉措传——金穗》，西藏人民出版社，2015 年，第 105、135 页;《六世达赖喇嘛秘传》木刻版第 10 页上、11 页、15-17 页下。

亲为卓牧·白玛卓玛（འབྲོག་མོ་པད་མ་སྒྲོལ་མ）。白玛林巴于藏历第九饶迴土阴蛇年（1509 年）在洛扎圆寂①。其生平事迹在《白玛林巴传》中有详细记载。但是依据上述记载，白玛林巴享年 72 岁的说法难以自圆其说，因此根据笔者考证认为，白玛林巴圆寂于金阴蛇年（1521 年），而并不是圆寂于土阴蛇年（1509 年）。白玛林巴世称掘藏王仁增·白玛林巴，是“掘藏五师之第四人”[1]。乌金桑布到了拉沃域松，结识当地首领白嘎尔瓦·觉沃·顿珠（པད་མཁར་བ་ཇོ་བོ་དོན་གྲུབ，原先是瑞布卡尔宫的），并娶其女儿多吉宗巴（རྡོ་རྗེ་འཛོམས་པ）为妻。其实觉沃·顿珠是赞普后裔，起初他把这门亲事说成私奔并竭力反对。白玛林巴曾到拉沃域松进行调解，两家恩怨发端于此。乌金桑布在白嘎尔瓦等人的支援下，先后建造桑杰林（སངས་རྒྱས་གླིང）、措杰林（ཚོགས་རྒྱས་གླིང་ངམ་མཚོ་རྒྱལ་གླིང）和乌金林（ཨོ་རྒྱལ་གླིང）3 座寺庙。后来措杰林毁于火灾，而桑杰林和乌金林寺至今仍在，白玛林巴的法统也仍在当地传承。

据《重找仓央嘉措》一书记载，乌金林寺始建于藏历第八饶迴（1487 年）左右，是门隅建造最早的宁玛派寺院。

① 《白玛林巴传》木刻版包括详、略、增三部分。详细的传记部分属自传，后两部分属他人的缩减和补充。《白玛林巴传》第 48 页（自传）和第 531 页（缩减）记载的出生年月日和父母名称情况基本一致，但是第 531 页记载的圆寂年代和享年 72 岁的说法不吻合。所以笔者考证认为，白玛林巴圆寂于金阴蛇年，而不是土阴蛇年。另外据第司·桑结嘉措所著《仓央嘉措传——金穗》第 99 页记载，白玛林巴出生于金狗年，这与《白玛林巴传》记载的金马年相差 40 年。笔者认为，《白玛林巴传》的记载可靠些。

仓央嘉措依从父亲临终之前修缮乌金林寺的遗嘱，委托第司·桑结嘉措（སྡེ་སྲིད་སངས་རྒྱས་རྒྱ་མཚོ）修缮事宜。第司·桑结嘉措委任穷结·贡布绕丹（འཕྱོགས་རྒྱས་མགོན་པོ་རབ་བརྟན）为总管，于藏历第十一饶迥土阴兔年（1699 年）即仓央嘉措继承达赖喇嘛宝座的第三年开始，对乌金林寺殿堂及围墙等进行全面修缮。这个时期该寺常住僧众达百余人。仓央嘉措的父亲在乌金林寺修缮和仓央嘉措坐床之前的藏历火牛年（1697 年）五月三十日于朗嘎孜逝世。在仓央嘉措所著《乌金林寺志·度脱轮回苦海之大舟》（ཨོ་རྒྱན་གླིང་གི་དཀར་ཆག་འཁོར་བའི་རྒྱ་མཚོ་སྒྲོལ་བའི་གྲུ་ཆེན）中能找到当时的各种丰富史料。由于受准噶尔部落袭扰西藏、破坏宁玛派主要寺院、杀害诸多宁玛派高僧大德等方面的影响，藏历第十一饶迥火阴鸡年（1717 年）将乌金林寺由宁玛派改宗为格鲁派，并把寺庙管理权移交给达旺寺（རྟ་དབང་དགོན），形成了委派一名喇嘛负责开展日常宗教活动和月供的惯例。现在作为仓央嘉措的诞生地，成为门隅人非常重要的朝圣地，重要的高僧大德也常常云集于此讲经说法。

乌金桑布曾在嘎拉旺布（ཀ་ལ་དབང་པོ）时代的王城曼扎岗（མནྡལ་སྒང）讲经说法，为宗教信徒施授马头明王灌顶，故而逐渐地将曼扎岗称作“达旺”（རྟ་དབང）。所谓“达旺”，直译就是“马权”。“马”是指马头明王，也称马头金刚，是藏传佛教密宗的一种本尊之名称。“权”是指权力，灌顶则意为授权，如醍醐灌顶，是指传授智慧。藏传佛教密宗将其作为传授弟子秘法的一种形式，举行了这种仪式，徒弟才有权修习所传授的口诀。乌金桑布在白嘎尔宫（白林或称白嘎尔林）的支援下建造达旺寺。五世达赖喇嘛时期，梅热喇嘛洛追嘉措（即第四世梅热活佛；第一世梅热活佛洛桑丹拜准美为赞普后裔）又将宁玛派达旺寺改宗为格鲁派。乌金桑布一直在乌金林及其周围开展宗教活动。乌金桑布幼年俗名索南培（བསོད་ནམས་འཕེལ），在乌金林寺终老。其世系是：乌金桑布—喇嘛旺（又称曲杰仁增）（བླ་མ་དབང་དམ་ཆོས་རྗེ་རིག་འཛིན）—喇嘛卓衮（བླ་མ་འགྲོ་མགོན）—丹增扎西（བསྟན་འཛིན་བཀྲ་ཤིས）—云丹罗布（ཡོན་ཏན་ནོར་བུ）—丹增扎巴（བསྟན་འཛིན་གྲགས་པ）—扎西丹增（བཀྲ་ཤིས་བསྟན་འཛིན）等。扎西丹增诞生于金阴兔年（1651 年），幼年俗名典巴，圆寂于火阴牛年（1697 年）。他们的名字都冠之以喇嘛或者曲杰（法王）。乌金桑布的第七代嫡传后裔扎西丹增就是仓央嘉措的父亲。仓央嘉措应当是在白玛林巴圆寂 162 年后的 1683 年诞生的。从聂顿·顿珠桑布到仓央嘉措是九代嫡传。仓央嘉措的世系或者转世承袭甚至可以追溯到著名的宁玛派大师隆钦（ཀློང་ཆེན）和 8 世纪中下叶赞普赤松德赞的公主白玛色（སྲས་མོ་པད་མ་གསལ）。

梅维 2013 年出版的《重找仓央嘉措》第 90 页也证实了仓央嘉措是掘藏大师白玛林巴之弟、乌金林寺建造者乌金桑布的后裔。

三、母系——吐蕃赞普后裔

《西藏简明通史·松石宝串》[2] 中根据第司·桑结嘉措所著《仓央嘉措传记——金穗》（གསེར་གྱི་སྙེ་མ། 简称《金穗》）

等原始可靠的史籍上载，仓央嘉措母亲次旺拉姆确系吐蕃赞普后裔，系“被逐法王赤热巴巾长兄藏玛之后裔”。《西藏简明通史——松石宝串》在有关仓央嘉措的章节中，多处引用《金穗》及其作者给错那宗堆的书信，提及仓央嘉措出生于“白林”（པད་གླིང）王族[3]。笔者所著《隐秘乐园门隅——门隅的历史法律地位》一书，根据古籍《君民世系起源明灯》（《རྗེ་འབངས་རྣམས་ཀྱི་རིགས་རུས་ཀྱི་འབྱུང་ཁུངས་གསལ་བའི་སྒྲོན་མེ》，又称《门隅明灯》）等可靠史籍，详细论证了王子藏玛流落门隅及其在门隅的繁衍、传承的历史。吐蕃赞普赤松德赞之孙赤祖德赞（803—836 年）（俗称赤热巴巾，815—836 年在位），是吐蕃鼎盛时期的赞普之一。与松赞干布和赤松德赞被尊称为“祖孙三法王”。但是赤热巴巾过分推崇佛教、抑制苯教，加重臣民负担；加之吐蕃长期对周边地区过度、频繁用兵，使辖境内民众苦不堪言，赤热巴巾执政后期内外都面临着尖锐复杂的矛盾和重重危机。这时吐蕃一些大臣纠合某些赞普世族及其他不满现实的权贵，密谋推翻赞普，毁灭佛法。藏玛本是赞普世系中第一个出家人，但是大臣卫·杰多热达纳坚等密谋者认为，虽然赤热巴巾无嗣，但是崇佛的赤热巴巾长兄藏玛，很有可能继赞普之位。因此，他们以重金贿赂占卜卦师，唆使其散布“藏玛在朝，国运凶险，应流放门隅”等卜言。于是他们借赞普赤热巴巾之手，将藏玛逐出、流放。

藏玛等主仆 5 人途经帕里、巴卓（སྤ་གྲོ། 今不丹帕罗市）、曲颇（ཆུ་ཕོ）、曲莫（ཆུ་མོ）[1]、旺堆颇章（དབང་འདུས་ཕོ་བྲང）、故日河（ཀུ་རི་ཆུ），越过臧果日山（ཙང་སྐོར་རི）等当今不丹的许多地方。正在这时听说了吐蕃赞普残暴、大臣作乱、狼狈为奸，毁灭佛法善律，迫害贤臣良民。当他们打听到“拉沃域松”（ལ་འོག་ཡུལ་གསུམ）地方人烟村庄稠密、土地肥沃时，他们便来到“拉沃域松的白嘎尔宫”（ཕོ་བྲང་པད་མཁར）堡塞。

因为“拉沃域松白嘎尔宫”距离吐蕃腹地较近，不宜在此定居，因此他们就改变初衷，来到距离“白嘎尔宫”不远的“仲朵松赞卡尔”（འབྲོང་མདོ་གསུམ་བཙན་མཁར）堡塞，观测、踏勘何处适宜驻留时，只见“弥森巴”（མི་ཟིན་པ）地方被河流和岩体所环抱，地处要冲，地势险要，于是他们就决定在“弥森巴”地方驻留。据《门隅明灯》载，“彼处有一人家，主人为阿米·顿珠杰（ཨ་མི་དོན་གྲུབ་རྒྱལ）。王子问顿珠杰：‘尔等至此，已历几代，族系与祖籍源自何方？’顿珠杰答曰：‘吾等父母之辈自蕃隅而来，祖辈系莲花生大师亲炙弟子阿米·强秋哲贵，为朗·拉斯（སྣངས་ལྷ་གཟིགས）之后裔。原籍恰颇玉地方（བྱ་ཕོ་ཡུལ）[2]，后因父兄之间不和，未及治理属民，故迁至此地。’”藏玛听信这一介绍，于是借宿该户。藏玛娶阿米·顿珠杰之女索南白金（བསོད་ནམས་དཔལ་ཛིན）为妻，彻底还俗，生有赤弥赖旺秋（ཁྲི་མི་ལྷའི་དབང་ཕྱུག）及通列金（མཐོང་ལེགས་ཅན）二子。及至成人，即统治门隅各地零星散落之人户、村落及建

① 意为雄河、雌河或者阳河、阴河。
② 今隆子县雪萨乡和桑林乡一带。

筑王宫，并以吐蕃法王后裔著称于世。赤弥赖旺秋被拉沃域松臣民迎请，返回到当年父亲不敢定居的地方为王，其后世子孙居于拉乌康巴（ལྷའུ་ཁམས་པ）地方，著名的康巴尊长（ཇོ་བོ）之称谓即康巴王系由此而得名。

赤弥赖旺秋入主白嘎尔宫称王后依次传位至拉衮（ལྷ་མགོན）、扎西洽次旺朗杰（བཀྲ་ཤིས་ཚ་ཚེ་དབང་རྣམ་རྒྱལ）、班久桑布（དཔལ་འབྱོར་བཟང་པོ）、朗卡索南（ནམ་མཁའ་བསོད་ནམས），父子传承五代后，到朗卡索南七子之长子贡嘎杰（ཀུང་དཀར་རྒྱལ）时期，便将都城搬迁到拉乌康巴地方建都称王，形成了著称于世的康巴王系。尊琼（བཙུན་ཆུང）、坚赞扎巴（རྒྱལ་མཚན་གྲགས་པ）和古努（ཀུ་ནུ）是由父子传承的第七、八、九代康巴王。康巴王系的主要支系是瑞布卡尔宫（རུས་པོ་མཁར）之色如王系和白嘎尔宫夏尔策王系。第八代康巴王坚赞扎巴之次子伦珠（ལྷུན་གྲུབ）为白嘎尔宫夏尔策王。伦珠繁衍众多后裔，白嘎尔宫夏尔策王从伦珠到平措共传十代，在这个时期出现了上白嘎尔宫和下白嘎尔宫，分别由噶玛多吉和平措称王。从这里也可以看出拉沃域松这个地名在藏玛到达门隅之前就已经存在，后来成为其长子赤弥赖旺秋及其后裔生息繁衍的中心地带，拉沃域松既是夏尔措（ཤར་ཚོ）、色如措（བསེ་རུ་ཚོ）和拉乌措（ལྷའུ་ཚོ）的简称，甚至一度成为整个东部门隅（མོན་ཡུལ）的代名词。据史籍载，仓央嘉措的母亲出生于白嘎尔宫。据当时年代和有关亲贵的考证，次旺拉姆当是第八代康巴王坚赞查巴之子伦珠的第七代嫡传后裔觉沃·桑杰扎巴（སངས་རྒྱས་གྲགས་པ）之子觉沃·噶玛多吉（ཇོ་བོ་ཀརྨ་རྡོ་རྗེ）之女。觉沃·噶玛多吉执掌上白嘎尔宫，其子平措执掌下白嘎尔宫。次旺拉姆生于土阳狗年（1658 年），母亲为阿布迪（ཨ་འབུ་རྡི）。而乌金桑布的岳父白嘎尔瓦・觉沃・顿珠是瑞布卡尔宫（རུས་པོ་མཁར）之色如王系。从那时起两个家族就开始产生恩怨。

据史籍记载，仓央嘉措父母双方家族一直不睦。起先，扎西丹增和次旺拉姆一家住在白嘎尔宫，但因双方家族不和，遭白嘎尔家族虐待甚至迫害而搬迁到乌金林。当年大名鼎鼎的白玛林巴也曾来拉沃域松进行调解。当仓央嘉措在两三岁就表现出灵性异常和惊人的言行举止而声名显赫时，其大舅父（སྐུ་ཞང）那宗（ན་འཛོམས）就满怀嫉妒、愤懑之心。藏历第十一饶迥水阳马年（1642 年）格鲁派战胜噶举派势力，建立甘丹颇章政权以后直到五世达赖喇嘛圆寂时，噶举派势力的反抗一直不断，特别是边远地区的反抗尤为激烈。竹巴噶举派立足门隅西部（今不丹西部）后，不断向门隅东部的格鲁派势力控制地区挤压，从 1639 年到 1731 年，基本上处于断断续续的战争状态。不丹的分裂势力巧妙利用仓央嘉措父母两个家族之间的矛盾，阻止、破坏五世达赖喇嘛转世灵童的寻访、迎请活动。第司・桑结嘉措对这一政治斗争形势给予极大的关注，甘丹颇章在门隅迎请转世灵童的决策，实际上是与南部边远地区复杂、险恶的政治斗争有直接关系。不丹人行贿、利用舅父那宗及其兄弟们增加对灵童之父扎西丹增及其随侍人员的刻骨仇视，甚至妄图与不丹人相互勾结起来加害灵童。为了使灵童避开危险，错那宗宗本（རྫོང་དཔོན）勋加亚巴（ཞུན་རྒྱ་ཡག་པ）和穷结・布许巴（འཕྱོངས་རྒྱས་པུ་

ཞབས་པ）便于木阴牛年（1685 年）十一月十七日将灵童从乌金林迎请到棒拉山口以北藏族人聚居区夏乌（ཤ་འུ）地方。但是后来两宗本也接受那宗的贿赂，不予应有的接待和伺候，反而以安保为名对灵童一家严加拘禁，形同惩罚，使灵童及其家人陷入极度的恐惧与困境之中，影响佛父扎西丹增的健康，从此留下了痼疾，给灵童带来的恐惧和心理创伤，更是难以估量。"那宗耍弄狡猾伎俩，恐吓灵童父母，说若是不去不丹，则将被杀害。一面策动其逃离，一面装成不丹人，准备动手害死灵童。"[2]703 第司・桑结嘉措设法使转世灵童及其父母、姑姑索南、小妹索南宗巴及佣人桑丹及时脱离了危险，转危为安。

但是第司・桑结嘉措等甘丹颇章官员却对那宗的悖逆甚至犯罪行为，采取极大的宽容态度，甚至授予了"德巴古相"的封号。

四、亲贵"德巴古相"

因为次旺拉姆家族属赞普后裔，并考虑到白嘎尔王在同不丹（当时仍称西部门隅）关系中的影响，以第司・桑结嘉措为首的甘丹颇章（དགའ་ལྡན་ཕོ་བྲང）特别授予其"德巴古相"（སྡེ་པ་སྐུ་ཞང་། 意为圣舅亲王）的崇高殊荣，颁发恒效封文（བཀའ་གདན། 本意为文书），世代享受土地、属民、房产的占有和免支差赋之特权。每当新任错那宗本、达旺寺堪布、拉涅（གླ་གཉེར། 司库）等管事上任，或者错那宗本冬季到门隅视察时，"德巴古相"便穿戴整齐，骑马携礼，向新任官员行见面礼，并请官员验看封文，确认照例沿袭等。仓央嘉措大舅家族还长期承袭江卡尔宗（རྒྱང་མཁར་རྫོང་། 江卡尔县）的“宗堆”（རྫོང་སྡོད）知县[1]一职，后来因受一桩纠纷大案牵连（仗势欺人），甘丹颇章才取消其承袭宗本的资格，但是其他特权照旧。

仓央嘉措被认定为六世达赖喇嘛后，官府在白嘎尔和巴沃侗（顿）之间为“古相”的地方重新修建了豪宅，后来“古相”豪宅所在处被称为“古相塘”。据 1942 年规制的《门隅水羊清册》记载，六世达赖喇嘛仓央嘉措母亲家族时任家长的是白嘎尔瓦·顿珠仁钦。当时他家的房产有：楼房底层门朝南，面积一椽子，里外各一间；13 级石阶的楼上房屋外间门朝西，内有凉台；厨房面积一椽子，门朝南；13 级木梯台阶的楼上房为木板屋顶；10 级木梯台阶楼上房屋门朝南；北侧为佛堂，门朝西，内有两间，面积各一椽子木；厅堂面积 4 柱，南侧有 4 扇窗棂[2]。当时“德巴古相”家有 9 口人，正房总面积约 100 平方米，田产共约 36 块（田地名称及具体面积略），旱田和水田共计 7.4 亩。“德巴古相”家比时任夏尔措佐根（གཙོ་རྒན 即首领）的斯迪岗·白玛贡布家庭还富有。白玛贡布一家共 11 口人，正房面积约 70 平方米。作为承担五冈差役的夏尔措佐根的差房，并不算大。土地面

① 小县，属错那宗管辖。

② 立一柱子的房屋面积约 15 平方米，一椽子木房屋等于半柱面积。依据藏俗，6 钱等于 1 升，20 升等于 1 克，1 克等于 28 斤，故而时下一般把 28 斤视为 1 亩。

积也只有 4.05 亩左右。需要说明的是，门隅农户土地占有面积普遍小，产量高，且收双季以上粮食，一家有两三亩地就算富裕户。夏尔措佐根斯迪岗·白玛贡布是门隅有名的富裕大户，但是他所拥有的房产和土地主要用于支应赋税差役，五冈差役任务相当繁重，而“德巴古相”家却没有支应赋税差役的任何负担。

据《重找仓央嘉措》的作者梅维介绍，“古相”顿珠仁钦的后代拉旺杰布——次旺顿珠后裔繁衍不断，益西群培、旺布、喇嘛措尼和益西嘉措四兄弟中益西群培是长兄，于前几年去世（1942 年时年 21 岁）。其儿子颇桑现正在达旺城经营叫作“达旺风景”的三层楼饭店。次旺拉姆故居及佛殿和次旺拉姆纪念馆由 75 岁的旺布看守、讲解，相当于香灯师，全讲拉萨口语，对有关文史比较熟悉。喇嘛措尼是达旺寺卸任亲教师。次旺拉姆故居、佛殿或者纪念馆由颇桑负责新建和维修，大量珍贵文物由颇桑保管。文物主要有：七世达赖喇嘛格桑嘉措和噶厦颁发的旨令等各种大量文书、仓央嘉措的两双鞋、一对铙钹、仓央嘉措手指穿孔石、汤东杰布脚印石、格桑嘉措赠予佛母家族的旧版《甘珠尔》，仓央嘉措父母及随从、法王松赞干布、弥勒佛、释迦佛、喇嘛乌金桑布等身药泥塑像。

五、六世达赖喇嘛仓央嘉措生平梗概

据第司·桑结嘉措所著《金穗》《东噶藏学大辞典》和《西藏通史》等史籍所载，仓央嘉措于藏历第十一饶迥水阴猪年（1683 年）三月初一，诞生在门隅白嘎尔（白卡尔）宫，后搬迁到乌金林寺。乌金林距达旺约 3.5 公里，传统上骑马一小时左右的路程，而白嘎尔宫距达旺 18 公里。这些地方均属错那县辖区。为了转世灵童的安全，藏历木阴牛年（1685 年）十一月十七日，错那宗本将仓央嘉措从乌金林迎请到棒拉山口以北的夏乌（ཤའུ）驻足，在夏乌的醋康[①]与宗本等会见。醋康已进入藏族聚居区，棒拉山以北现属错那县直接管辖的地区。在古代夏乌地方叫夏乌达果（ཤའུ་སྟག་སྒོ），是著名的门、藏通商口岸，曾是吐蕃左翼邦南部边关。藏历木阴牛年（1685 年）十二月十一日，宗本等收到盖有五世达赖喇嘛世俗印章的甘丹颇章信函，说此童疑为夏鲁寺堪布的转世（五世达赖喇嘛的师傅），责令妥善服侍。十二日仓央嘉措一行离开夏乌，当晚住在昂拉普（ངག་ལ་ཕུག）地方；十三日住门卓[②]地方，十四日抵达错那伦珠扬孜宗（错那县城），“一家住八柱子房”（雪夏巴珠私宅）。

藏历火阳虎年（1686 年）四月初十，第司・桑结嘉措第二次委派的法王卡日巴・斯南多吉（ཆོས་རྗེ་མཁའ་རིག་པ་ཟིལ་གནོན་རྡོ་རྗེ）和朵巴・索南坚赞（རྡོ་པ་བསོད་ནམས་རྒྱལ་མཚན）等多位高僧到错那宗（二高僧上一年已经到乌金林考察过）。五月初五法王等人抵达错那详细考察 7 天后，经汇报审核，内部认定仓央嘉措为五世达赖喇嘛的转世灵童。但是对外称系五世达

① ཚུགས་ཁང，意为税收站，由一名醋巴 ཚུགས་པ 主持，负责边关税收和执法。
② མོན་འབྲོག，意为门隅牧场。

赖喇嘛师傅、夏鲁寺堪布·索南乔珠（ཞ་ལུ་དགོན་གྱི་མཁན་པོ་བསོད་ནམས་མཆོག་གྲུབ）的转世灵童。从此，仓央嘉措开始了与父母的分居生活，在错那县城之外的亚玛绒村专门为仓央嘉措建造了宫殿式的楼房，由从拉萨派来的 6 名近侍僧专门照管、服侍和陪读。藏历火兔年（1687 年）十月初一，仓央嘉措开始识字；藏历土龙年（1688 年），开始掌握部分平常仪轨颂词；藏历金阳马年（1690 年）八月二十三日，即 8 岁时，仓央嘉措开始在纸上写字。

藏历金羊年（1691 年）二月初八，索南坚赞活佛带回仓央嘉措真迹法文给第司·桑结嘉措；藏历铁羊年（1691 年）二月十一日，仓央嘉措开始诵读第司著作《白琉璃》（《ཕུག་ལུགས་རྩིས་ཀྱི་ལེགས་བཤད་བཻཌཱུརྻ་དཀར་པོ》）；从六月开始频繁写字，并诵读第司著作《白琉璃除垢》(《བསྟན་བཅོས་བཻཌཱུརྻ་དཀར་པོའི་དྲིས་ལན་འཁྲུལ་སྣང་གཡའ་སེལ》)；七月十一日，仓央嘉措给第司发去书有“转交于第司”字样的真迹书信，于十三日送达第司之手；从当年起，仓央嘉措已经默诵诸多平常仪轨颂词及续部心诀等。

藏历水阴鸡年（1693 年）一月初十，仓央嘉措正式写下了 5 首著名的《马头明王颂》(རྟ་མགྲིན་བསྟོད་ཚིག)，时年 11 岁；二月初十，法王卡日巴到达拉萨，带回仓央嘉措亲自写的马头明王仪轨颂词和文书；十月十五日，又书写了与马头明王颂风格相近的《文殊阿热巴杂仪轨颂词》一文（འཇམ་དབྱངས་ཨ་ར་པ་ཙ་ཚ་ག་སྒྲུབ་ཐབས་ཀྱི་བསྟོད་ཚིག）。

藏历木狗年（1694 年），仓央嘉措开始诵读相关密宗仪轨颂词和部分格鲁派的显宗典籍，当年第司微染疾病，向仓央嘉措去了求解之信后，得到了详细的回复。六月二十二日，仓央嘉措开始学习声明学即梵文，二十八日起开始背诵《妙音声明论》；七月份由于多地流行天花，仓央嘉措亲自书写免去疾病、人丁兴旺之祈祷及免灾之方。

藏历木猪年（1695年）一月初四上午，仓央嘉措为新僧取法名，并行相关仪轨。初五晚起，他修四座长寿一周。十一月十一日，德斯等在五世达赖喇嘛灵塔前求卜，何时将迎请灵童至布达拉宫之具体良辰吉日，并得出牛年九月或十月为佳之结果。

藏历火鼠年（1696年）三月初二起，仓央嘉措熟记《四部医典》（རྒྱུད་བཞི）之《释续》（བཤད་རྒྱུད）；八月开始他熟记《三聚经》（ཕུང་པོ་གསུམ་པའི་མདོ）和宗喀巴大师的《极乐祈祷》（བདེ་བ་ཅན་གྱི་ཏུཎྜ་ཡི་མདོ）。

藏历火牛年（1697年）第司等人开始着手灵童迎请事宜，并于四月十九日，首次向扎西嘉措（蒙古族官员）、错那二位宗本以及达迥洛桑等4人公开了错那的仓央嘉措正式为五世达赖喇嘛之转世灵童的秘密，并以《五世转六世悦耳之声》来公告。同时，委派高僧尼玛塘活佛等特使向康熙帝禀告五世达赖喇嘛秘丧和转世灵通寻访迎请等情况。

藏历四月二十五日清晨，仓央嘉措一行从错那启程，相关官吏、佛、僧众及无数信徒前来送行。当晚他们下榻吉玉（སྐྱིད་ཡུལ）；二十六日前往噶举颇章（བཀའ་བརྒྱུད་ཕོ་བྲང）；二十七日下榻哲古扎西唐（གྲི་གུ་བཀྲ་ཤིས་ཐང）；二十八日缺（ཉེར་བརྒྱུད་

ཚད），二十九日下榻拉钦（ལྷ་ཆེན）；三十日到达索卡（སོ་ཁད），由当时的新杂贡巴瓦活佛敬献哈达及各种美食；五月初一，下榻绒布热玛霍（རོང་པ་མ་ཧོར）；初二下榻达隆扎西林草原（སྟག་ལུང་བཀྲ་ཤིས་གླིང་ན་ཁ）；初三下榻扎堆唐（དགྲ་འདུལ་ཐང）；初四进驻丹增颇章宫（བསྟན་འཛིན་ཕོ་བྲང）；八月二十三日，多吉扎（རྡོ་རྗེ་བྲག）大活佛及敏珠林寺德达林巴（གཏེར་བདག་གླིང་པ）前来浪卡子（སྣ་དཀར་རྩེ）拜谒灵童，二十五日，3 人进行长谈。

五月二十九日，第司·桑结嘉措在布达拉宫东大殿召集各级官员、活佛、堪布，向众人昭告："五世达赖喇嘛圆寂已有 15 年，灵童不日登上达赖喇嘛宝座"之事，使得保守 15 年的秘密得以昭告天下；三十日，灵童之父扎西旦增逝世；九月初五，第司因忙于红宫竣工事宜，诸多事务缠身，而未能前去迎接灵童，只得派出其子阿旺桑丹及相关人员带第司亲笔书信到灵童尊前；当年九月十七日，五世班禅罗桑益西为其受戒，取法名洛桑仁钦·仓央嘉措。

九月二十一日中午，仓央嘉措一行从浪卡子启程，经过年（ཉན）和达隆（འདབ་ལུང）等地，中午于达隆口用膳，当晚下榻于亚瑟（ཡར་གཟིགས）；九月二十二日中午启程，经夏茹查赞（ཤ་རུ་བྲག་བཙན）、白德瓦（དཔལ་དེ་བ）进行无上供奉，在吉（དཀྱིལ）用午膳，当晚下榻于岗巴拉山脚；二十三日经查巴隆（གྲ་མ་ལུང），越过南色拉（ནམ་སེང་ལ）山口，经甘巴多（གན་པ་མདོ），抵达替仲（མཐིལ་གྲོང）用午膳。当晚下榻姜唐（བྱང་ཐང）；九月二十四日，早上仓央嘉措一行从曲沃日渡过雅鲁藏布，中午到达曲水鲁定（ཆུ་ཤུལ་ཀླུ་སྡིངས）用午膳，住强久林朵，二十五日住姜堆。

九月二十六日，仓央嘉措一行日出时启程，经南木口、宗常（རྫོང་འཕྲང），到达扎苏湖（བྲག་ཟུར་མཚོ），热堆寺（ར་སྟོད་དགོན）僧众用仪仗迎请，当晚下榻德瓦坚（བདེ་བ་ཅན）。九月二十七日，在聂当扎西岗翁卡，由政府搭建“大鹏瞻部洲庄严”之行宫。当日#斯和丹增达赖汗率众藏蒙官员前来拜谒。当时到聂当朝拜仓央嘉措的人非常多，可谓人山人海。

十月二十四日，经姜唐岗、扎果噶尼住鲁定，二十五日顺时针转布达拉宫，进入布达拉宫大门，经平措堆郎、德阳厦到寝殿噶当其。中午在布达拉宫西大殿举行隆重的继位大典，正式成为第六世达赖喇嘛。康熙帝特使章嘉活佛、班禅的代表等参加大典，尼泊尔及周围国家、部族代表也参加了典礼，赠送无数珍宝。庆祝活动持续7天，城乡僧俗欢天喜地。

藏历土阳虎年（1698年）四月初一，仓央嘉措在德阳厦为上万蒙古信徒进行摸顶赐福，初四前往大昭寺；四月初五，白嘎尔·次旺拉姆前往政府为其安排的彩邑桑日伦珠绕丹宗（ཟངས་རི་ལྷུན་གྲུབ་རབ་བརྟན་རྫོང）；五月初四，仓央嘉措在哲蚌寺第一次讲经转法。开始从大经师班禅罗桑益西、甘丹寺赤巴卓尼·崔成达杰、格隆·江央扎巴、阿里·格列嘉措等上师及第司等人，系统学习宗教理论和各种文化知识。因受前世达赖喇嘛的影响（遗传），六世达赖喇嘛仓央嘉措“学习成果十分精妙，令人感到惊讶，更对其产生崇敬之意”[2]676。后来，他到色拉、哲蚌和甘丹三大寺及曲果杰寺（ཆོས་འཁོར་རྒྱལ་དགོན）等多座寺院讲经说法、灌顶等，并下令雕制大藏经《甘珠尔》，完成 20 多部印经版的雕制；修建拉萨大昭寺顶层的镀金铜飞檐和其他许多寺庙。

藏历土阴兔年（1699 年），在藏蒙古人丹增达赖汗的长子丹增旺杰与次子拉藏汗兄弟阋墙，为财产和继承汗位发生严重冲突，请第司·桑结嘉措出面调解说和，才达成协定：甘丹颇章向拉藏汗支付应得而适当的财产份额，令拉藏汗返回青海。当时在青海的蒙古部族内部正不断发生内讧、阋墙和诱杀等事件。藏历金阳龙年（1700 年），丹增达赖汗在西藏去世，其长子丹增旺杰已到青海成为珲台吉的义子，刚返回青海的拉藏汗又到西藏继承汗位。拉藏汗为篡权，向清廷诬告第司。谣言四起，多种尖锐矛盾交织。

藏历水阳马年（1702 年）六月，仓央嘉措到日喀则授受班禅大师比丘戒，因厌恶险恶的政治斗争环境，坚决向班禅大师请求退回沙弥戒，“只保留世俗之权”，从此开始着俗装。

藏历木阴鸡年（1705 年）一月，六世达赖喇嘛仓央嘉措率僧俗要员在五世达赖喇嘛灵塔“世界一景”前成功调解拉藏汗与第司·桑结嘉措之间的尖锐矛盾。决议：桑结加措辞去第司职务，将贡嘎宗拨给第司作为采邑；拉藏汗保留汗位称号，返回青海驻牧，其采邑及牧场收入由政府负责拨付。双方都表示完全接受并保证执行这个决议。可见，一直到 1705 年七月之前仓央嘉措仍然行使自己的职权。但是因双方各怀鬼胎，阳奉阴违，当年七月拉藏汗起兵杀害早已卸任第司职务的桑结嘉措，并将矛头指向仓央嘉措。起初，拉藏汗频频向已经登上达赖喇嘛宝座 8 年之久的仓央嘉措提出所谓“转世真伪问题”，没完没了地对转世“真伪”进行所谓的“甄别”，逼迫许多高僧和法师，包括甘丹寺法台、强巴林寺堪布·卡热巴斯南多吉、朵巴·索南坚赞及木茹、拉姆仓巴等明确表态，同时在暗地里着手扶持傀儡益西嘉措上台事宜。

根据仓央嘉措膳食长洛桑旺久《关于随至上由拉鲁林苑至青海湖畔的记实》①（以下简称《记实》）记载，藏历火狗年（1706 年）六月初一拉藏汗和驻藏大臣等来到宗角（指布达拉宫后龙王塘）说，要向民众公布清朝中央政府关于仓央嘉措的旨意，并把仓央嘉措从布达拉宫请到了拉鲁嘎彩（拉鲁林苑）。

六月初七他们（包括拉藏汗夫人、杀害第司·桑结嘉措元凶次仁扎西）请拉姆护法神汉到木茹寺，就转世真伪求得授记。谶语冗长，艰涩难懂，但是准确无误地说明仓央嘉措的确是五世达赖喇嘛的转世。一时间他们只好作罢，蒙汉官员纷纷向仓央嘉措敬献哈达等，并说“这样就好了”，仓央嘉措又回到布达拉宫。可是没有几天，他们又把仓央嘉措

① 《关于随至上由拉鲁林苑至青海湖畔的记实》的作者为仓央嘉措膳食长洛桑旺久，西藏社会科学院宗教研究所编印的参考材料，1983 年版，书名全称：《 སི་ཁྲི་གོང་ས་དྲུག་པ་རིན་ཆེ་བློ་བཟང་ཚངས་དབྱངས་རྒྱ་མཚོ་ལྷ་ཀླུའི་དགའ་ཚལ་ནས་འདམ་ཀུན་དགའ་ནོར་དུ་གཞན་དོན་དུ་གཤེགས་པ་མཚོ་ཁ། རྒྱ་ཟི་ཞིང་ཁ་སོགས་ལྷ་སར་མ་འཁྱོར་བར་གྱི་ཟིན་བྲིས་གསོལ་དཔོན་བློ་གྲོས་དབང་ཕྱུག་གིས་བཀོད་པ་བཞུགས་སོ།། 》，简称《记实》。

请到拉鲁嘎彩，把康巴和羊卓的两个所谓转世灵童叫上来问话。当这两个转世灵童回答不了他们的问话时，拉藏汗的蒙古军队就包围了拉鲁嘎彩。这时，闻讯前来拜谒和授受摸顶的僧众越来越多，三大寺和整个拉萨涌来的护卫和拜谒仓央嘉措的僧俗民众络绎不绝。

六月十六日，拉藏汗军队阻止拜谒摸顶活动，用棍棒、刀枪驱赶僧俗民众，像驱赶羊群一样东赶西赶，僧众就还之以石头雨，这时僧俗民众完全失去信心，拉萨局势完全失控，致使拉藏汗越来越恐慌。甘丹寺法台·顿珠嘉措说，“把年轻佛爷舍弃了吧，你们要留下来摸顶找我老衲。”[①] 于是从拉鲁嘎彩，开始重兵强行押解仓央嘉措北上，无数信众以泪洗面，三大寺全体僧众誓死随从服侍、护送。

六月十七日，哲蚌寺在当巴地方隆重设帐搭灶迎送，迎请仓央嘉措住哲蚌寺甘丹颇章宫（达赖喇嘛寝宫）受阻，各大寺所有僧院、康参都来敬献哈达和轻重礼物。15 名蒙古人等持军械又强行阻止拜谒、敬献、摸顶等宗教活动，发生严重冲突，枪炮声在幽静的庙宇阵阵作响，偶尔还之以石头雨……趁混乱之际僧众把仓央嘉措迎请到哲蚌寺甘丹颇章。十八日僧人请乃琼护法神汉祈求卜、授记，冗长谶语，却仍然明确表达仓央嘉措为上世真转生，当尊崇之意。

六月十九日，拉藏汗军队包围甘丹颇章，用大炮轰击、

① 参见洛桑旺久：《记实》（藏文），西藏社会科学院宗教研究所编印，1983 年版，第 4 页倒数第 5 行。

摧毁甘丹颇章和哲蚌寺的其他多处重要部位。整个哲蚌寺一片狼藉，遭到严重破坏，打死僧人 11 名，打伤无数，蒙古人死 7 名。仓央嘉措悲愤地说“不要为我一人，而去杀伤这么多人！”[①] 说着割舍僧众庇护，走到拉藏汗军之中，舍身避免更大流血事件的发生。六月二十四日押解队伍大队人马由 2 名僧俗官员带领的以 15 名清朝官兵、2 名拉藏汗心腹为首的 11 名蒙古人官兵、仓央嘉措及其 39 名随从组成，拉藏汗直接统领。六月下旬至十月中旬在当雄境内逗留，蒙古兵去打猎、泡温泉、赌博等；仓央嘉措接见沿途蒙藏僧俗部众，为他们摸顶、祈祷，并潜心念经、写作，有时也和蒙汉官兵玩乐。当时仓央嘉措一路写下了不少作品。十月中旬拉藏汗返回拉萨，押解仓央嘉措到“支那”（原文）的旅程正式开始。看来到这时才确定了前行的方向，在此之前至少仓央嘉措的随从们心存尽快返回拉萨的幻想。需要说明的，笔者至今没有找到康熙帝对仓央嘉措押解进京的任何旨意。

十月十七日离开当雄，翻越角孜拉山（ཚོག་རྫེ་ལ）开始下暴风雪。到了那曲，仓央嘉措的双脚开始肿胀，休息 3 天。越走海拔越高，翻越唐古拉山的前一天正值传统的燃灯节（藏历十月二十五日，宗喀巴祭日），仓央嘉措的随从们在狂风暴雪天里点燃所有能用的灯具，仓央嘉措与随从们一道念经、祈祷。到了唐古拉山顶插彩旗、挂经幡，念经、祈祷。

① 参见洛桑旺久：《记实》（藏文），自治区社会科学院宗教研究所编印，1983 年版，第 9 页第 9 行。

仓央嘉措脚疾越来越严重，但是仍然接见沿途前来拜谒的蒙藏僧俗，为他们祈祷、摸顶。一路上虽经多名藏蒙医生多次会诊、治疗，但还是越来越严重。沿途前来拜谒的蒙藏僧俗络绎不绝，有的把牛群、马群都奉献给了仓央嘉措。

十二月初八到了一个称作阿巴苏郭碧（ཇ་པ་སུ་གི་ཧྲི）的沙滩，没有一滴水，只长一些蒿草。仓央嘉措气色非常不好，上火（发高烧）特别厉害。如能找到水，或许能够减轻病痛，放慢走向另一个世界的步伐，然而只能喝些塔尔[①]。这天在贡嘎努尔（ཀུན་དགའ་ནོར་མཚོ་འགྲམ）（青海）湖边扎营。百十来号汉族人携礼来迎接仓央嘉措。当夜，仓央嘉措指着帐篷天花板对随从们说，“空行仙女前来迎接了，看那厄（ཨ）字[②]。”人们泪水满面。十二月初九夜里仓央嘉措神志不清，说“有个骑黑马，穿黑衣的汉妖堵住帐篷的门”[③]。藏历火阳狗年（1706 年）十二月初十，仓央嘉措不幸圆寂，众随从们悲痛欲绝，正像膳食长所说的仓央嘉措的病逝，“使吾等犹如婴弃荒野”[④]。恰那多吉活佛验视仓央嘉措遗体，向遗体告别，并将财产、文书、印章等所有遗物一一登记、封存，遗体由

① 塔尔（ཏ་ར）在这里是指提炼出酥油剩下的奶水。

② 参见洛桑旺久：《记实》（藏文），西藏自治区社会科学院宗教研究所编印，1983 年版，第 36 页倒数第 2 行、第 37 页第 1 行。

③ 参见洛桑旺久：《记实》（藏文），西藏自治区社会科学院宗教研究所编印，1983 年版，第 37 页第 8-12 行。

④ 参见洛桑旺久：《记实》（藏文），西藏自治区社会科学院宗教研究所编印，1983 年版，第 40-41 页。

蒙汉官员负责保管，仓央嘉措随从不得染指[①]。据悉后来把仓央嘉措遗体藏于今甘肃天祝地方的色阔寺（此寺后来曾遭到战乱毁坏）。仓央嘉措的随从们严格按照传统办理完后事。

不久他们在青海听到这样一个传说：在一个大帐篷里，一位妈妈怀中的小孩指着帐篷上空说：达赖喇嘛戴着原先的僧帽，穿着原先的僧衣，骑着狮子，左腿还跨着虎背在空中飞行（押解途中仓央嘉措的扮相，是拉藏汗强行配给的俗装）。经历不少艰难曲折，仓央嘉措随从人员到第二年藏历四月才陆续回到拉萨。

仓央嘉措圆寂的藏历火阳狗年十二月初十，当是1707年初，因此圆寂于1706年的说法，值得斟酌。藏历土阳鼠年（1708年）七月十九日，六世达赖喇嘛仓央嘉措转世灵童格桑嘉措（སྐལ་བཟང་རྒྱ་མཚོ）在理塘寺下面的洛雪村（ལྷོ་ཞོལ་གྲོང་ཚོ）诞生，父亲为索南达杰（བསོད་ནམས་དར་རྒྱས），母亲叫洛桑曲措（བློ་བཟང་ཆོས་མཚོ）。

另据《秘史》记载，仓央嘉措享年60多岁，圆寂于阿拉善，对此有待研究、考证。

六、小结

上述文字粗略考证、述及仓央嘉措的家世及其生平，旨在再现一个真实仓央嘉措的大致轮廓，重拾对于严肃的史学

① 参见洛桑旺久：《记实》（藏文），西藏自治区社会科学院宗教研究所编印，1983年版，第40-43页。

和真实的历史事实应有的尊重，厘清盲人摸象式的研究和各种奇谈怪论。

然而，仓央嘉措作为一代圣者，仍是一个永不终结的话题；作为一个天才诗人，仍是一堆难以破解的问号；作为一段历史，仍是一种愈久远愈强烈的诱惑。随着这种考证和探究的深入，更加广阔而急迫的研究、待考证的领域越来越清晰地展现在我们面前。仓央嘉措时代，正值清朝中央政府推进国家的统一及对藏蒙地区的控制，蒙、藏部族间关系微妙，明争暗斗，社会局势乱如一团麻。如学界所知，当时曾出现过 3 个六世达赖喇嘛，清朝中央政府先后把仓央嘉措、益西嘉措和格桑嘉措都认定为六世达赖喇嘛，第司・桑结嘉措和固始汗、拉藏汗等也都有清朝中央政府的封号。理顺这段历史，总结经验教训，意义重大，任重道远。

一直以来，仓央嘉措父母两个家族在门隅（含不丹）具有广泛的影响力和举足轻重的社会历史文化地位。仓央嘉措父亲密宗世家不仅承袭和固守着曾经的传统与荣耀，而且与境内外“百家密宗掘藏大师”连成一个强大的教派文化网络；仓央嘉措母亲王族、赞普后裔背景也不断地出现在史学家的视野里。根据史料提供的线索，最近我们又在拉萨找到了仓央嘉措的嫡传后裔——益西嘉措老人。他是旺布老人的胞兄、颇桑的叔伯。国内研究仓央嘉措文化，迄今的“繁荣”在笔者看来，至多只是序幕而已。随着众多鲜为人知的古籍的整理、出版（如《仓央嘉措文化系列丛书》）[①]，指鹿为马式的乱象必将消退，真实的仓央嘉措必将越来越清晰明朗。

参考文献

［1］堪珠·贡觉丹增．宁玛派源流［M］．北京：民族出版社，2015：421、490-491.

［2］恰白·次旦平措，诺章·吴坚，平措次仁．西藏简明通史——松石宝串（藏文）［M］．拉萨：西藏藏文古籍出版社，1990.

［3］第司·桑结嘉措．仓央嘉措传——金穗（藏文）［M］．拉萨：西藏人民出版社，2015：166-107.

① 出版《仓央嘉措文化系列丛书》，是仓央嘉措文化研究协会的一个长远规划目标和分阶段性的工作计划，不是很完备，在实际实施过程中还会有不少变化、增删，目前计划收录的文章可分为三类：第一类，第司·桑结嘉措著《仓央嘉措详传·显明黄金麦穗》《众生笃信之界天降正法甘露之·开篇天鼓》《六世达赖喇嘛·仓央嘉措略传檀香之髓》《五世转六世源流·悦耳之声》（汉文）、《六世达赖喇嘛传·檀木之髓》（汉文）、《门隅乌金林寺详志》（汉文），索本·洛追旺久著《六世达赖喇嘛·仓央嘉措出行记实》，仓央嘉措著《门隅乌金林详志》，第司·桑结嘉措著、旺久编译《六世达赖喇嘛·仓央嘉措传记·显明黄金麦穗》（汉文），索本·洛追嘉措著、巴桑罗布编译《六世达赖喇嘛传》（汉文）等；第二类，拉尊·阿旺多吉著《六世达赖喇嘛·仓央嘉措秘传》，达旺寺编《少年六世达赖喇嘛·仓央嘉措传》，西藏仓央嘉措文化研究协会收集整理《各种史书载六世达赖喇嘛·仓央嘉措传》《历代先贤对六世达赖喇嘛·仓央嘉措所作颂词》《六世达赖喇嘛·仓央嘉措权威研究论文集》（藏文版上、汉文版下），六世达赖喇嘛·仓央嘉措著《仓央嘉措流世文集》《仓央嘉措诗歌五十八首》，阿旺·曲扎嘉措著《大通金刚持寺志》，达旺堪苏·杰赛追古著《达旺寺源流·门隅史镜》，安多瓦比丘·比贵著《格鲁派在门隅的兴盛》，拉尊·阿旺平措、杰布著《门隅教法源流》（藏、汉文）等；第三类，待版：《邬坚岭寺志》和《仓央嘉措出行记实》已整理、翻译版本，《仓央嘉措原作诗歌木刻版》对堪整理、重译本，《第一届仓央嘉措文化研讨会论文集》等。

如此诗人

罗　旦

西藏，一块孤独的石头坐满整个天空
没有任何夜晚能使我沉睡
没有任何黎明能使我醒来
一块孤独的石头坐满整个天空

这块石头来自海子的短诗“西藏”。有人说海子接近于一个存在主义者、一个浪漫主义者、“狂人”式的先知、充满神性体验色彩的理想主义者。三百多年前，孤独的石头上，或许就坐着这么一位诗人，漫天的星辰是他的听众。他的形象时而知性，如“雪域高原最神秘的诗人”；时而浪漫，如“最长情的佛陀弟子”；时而桀骜，如“离经叛道的情僧”；时而凄哀，如“悲剧性的历史人物”……

总体而言，仓诗（姑且称之“仓诗”）平淡自然却韵味醇厚。仅以大家最熟悉的“玛吉阿妈”为例。有些读者认为

“玛吉阿妈”是诗人禅定冥想中的本尊化见，“圣美纯净、哀感顽艳”，因此是宗教情怀的道歌表达；有些读者坚信“玛吉阿妈”意指当时尚未降生的第七世达赖喇嘛，因此，这首诗歌是“深蕴政治斗争史实的抒情作品”；还有一些读者笃定“玛吉阿妈”指代他的情人，仓央嘉措诗歌是男欢女爱之情歌，一些“有想法”的读者甚至跑到玛吉阿米餐厅“守株待兔”。

近年来，随着对仓央嘉措研究的深入，某些学者甚至提出仓央嘉措是如同更敦群培①般“疯智文明的典型存在”。如此这般的讨论从未停止。萧蒂岩②先生对仓央嘉措有个经典评论：“位居僧俗之上、名入情网之中、神游爱海之外、载誉地球之巅而又为唱其歌、译其文、论其志的人尚未完全理解的六世达赖”。

毋庸置疑，仓央嘉措诗歌为后世提供了广阔的想象空间，以及各类任性阐释。恰如黑格尔所言“任性并不是合乎真理的意志，而是作为矛盾的意志”。不过，今天对仓央嘉措诗歌的热爱与研究，未尝不是中华民族精神生活日益丰润、文化自信日益增长的雅致呈现呢?

---

① 更敦群培（1903—1951）是20世纪藏族史上的佛门奇僧、学术大师、启蒙思想家，是西藏人文主义先驱和藏传佛教世俗化的先驱，是朴素的唯物主义者和爱国主义者。

② 1957年毕业于中央民族学院语文系。1949年参加中共四川民主青年协会，领导学生运动，1950年参加十八军进军西藏，1957年历任西藏公学教师，中共西藏工委办公厅秘书处秘书，中共那曲地委秘书，西藏文联专业作家，西藏文联理论研究室副主任，专业作家。

一、恐负如来不负卿

很多人不理解一个深受佛教价值观影响的民族，对这样一位有些反传统、反道德、反常规，不断打破禁忌，甚至一度被废黜的达赖喇嘛，不仅没有义正言辞的质疑，几百年来，反而催生出对其存在境界的感悟与理解，对其气节的接受与仰慕。

先来看看这两首：

观修上师相，
未入安住境；
乍见俏娇颜，
挥之而不去。

还有这首：

布宫[①]圣至尊，
仓央嘉措师；
逻些[②]浪迹者，
唐桑旺布[③]汉。

① 即布达拉宫。
② 拉萨之古名。
③ 据说是仓央嘉措的民间化名。

这两首诗可以帮助我们重新定位仓央嘉措的坐标，即宁做有血有肉、七情六欲之“人”，而非高高在上、藐视一切的“神”，阐发了朴素的人文主义观点。诗歌时隐时现地透露出诗人以人为中心而不是以神为中心，肯定人的价值和尊严，否定并反对愚昧迷信神学思想的倾向。要知道，仓央嘉措所处的时代，欧洲刚刚经历“文艺复兴”。仓央嘉措的诗歌，尽管已不觅音符、不见曲谱，其以人为本、以民为先的宗旨，又何尝不是东方版的“神曲[①]”呢？

二、梦里寻“她”千百度

三百多年来，袈裟诗人仓央嘉措超凡的人生韵味、洒脱的生命境界，以及展现独特人生体悟、生命关怀、真理探寻的诗风诗境依然是今天我们前行时忽明忽暗、忽隐忽现，却总不消逝的灯塔。

皎月东山顶，
如如妙止观；
映入谁娇容，
是那未生娘。

①《神曲》是著名意大利诗人但丁·阿利盖利写于1307年至1321年的长诗。作者通过与地狱、炼狱以及天堂中各种著名人物的对话，带有“百科全书”性质，从中也可隐约窥见文艺复兴时期人文主义思想的曙光。

这首世人耳熟能详诗的最后一句“མ་སྐྱེས་ཨ་མ”被于道全[①]先生创造性地翻译为“未生娘”，而“未生娘”从字面理解即未曾生育而被称为母亲的女子。作为释迦牟尼的弟子，仓央嘉措一定会将佛教的观点映射在诗歌中，因此，“未生娘”可能就是“空性”理念创新性的具象化。按照佛学理论，一切事物都是从“无”到“有”，甚至连“无”都没有，即“空性智慧”。佛学家们认为世界上没有孤立存在的东西，即无自性，也没有常住不变的东西，即无常，一切都是因缘和合所生起，即“缘起性空”。这个理论同老子在《道德经》中所说“道生一、一生二、二生三、三生万物”一样，试图探究宇宙之本初。有趣的是，这种理论和唯物主义的事物普遍联系、变与不变的辩证关系等还真有一定的相通性。

不难看出，诗人对人生的极致体验，对宇宙真理的开拓性思考，使他白话般的诗歌具足灵性的同时，不怠慢探求真相的初心。

逻些人如潮，
琼结[②]人若玉；
余之梦中人，

① 于道泉（1901—1992），字伯源，山东省临淄人，我国著名语言学家、文学家，受泰戈尔影响进入藏学领域，笔者师公王尧先生称其为“藏学泰斗”。1930年，于道泉教授推出了《仓央嘉措情歌》的藏、汉、英三种语言的对照版本，开启了中国仓央嘉措文化研究之门。

② 今山南市琼结县。

温润似瑾瑜。

此诗从字面上理解，诗人貌似平平无奇地提出了人品第一这样一个“政治正确”的爱情择偶观。不过，因循守旧绝不是诗人的风格，好为人师更不是诗人的一贯路数。那诗人缘何将逻些和琼结两个似乎没有太多必然联系的地点做一个对比呢？翻阅文献、追寻谜底，不难发现仓央嘉措的前世——第五世达赖喇嘛洛桑嘉措，竟然就出生在今山南市琼结县，坐床在拉萨哲蚌寺，后被顺治皇帝封为“西天大善自在佛所领天下释教普通瓦赤喇怛喇达赖喇嘛”。诗人的“意中人”难道暗指的就是第五世？仓央嘉措，“放浪形骸”，却被藏族人民接纳为达赖喇嘛；益西嘉措[①]，“正襟危坐”，却是拉藏汗蒙古势力拥立的傀儡。到底谁才是五世达赖喇嘛的真正转世呢？可谓“若见诸相非相，即见如来”。

三、吾辈仅是蓬蒿人

仓诗总是能不经意间地让读者在平实中见深意、在市井中觅高贵、在缠绵中话真谛，既有百转千回的坎坷，又不乏柳暗花明的豁然。

小女自侯门，

① 和硕特部汗王拉藏汗拥立的所谓第六世达赖喇嘛，可参考罗布：《准噶尔“扰藏”问题探析》《西藏大学学报》（社会科学版）2019 年 04 期。

深闺初长成；
汪汪似蟠桃，
坠坠压枝条。

这首诗翻译过程中，总是让人有似曾相识之感。随着翻译的曼妙递进，笔者不经意间掉入了香山居士[①]“长恨歌”的意境。那句“杨家有女初长成，养在深闺人未识”更是让两位相隔近千年的诗人在此刻相遇、相知。诚然，两首诗存在长短诗等诸多区别，但也有异曲同工之妙，文字璧坐玑驰，声调悠扬婉转，常读常新。不同于唐明皇后宫三千佳丽、天下美女唾手可得的特权，仓央嘉措身份尴尬，既没有正式坐床为“神王”达赖喇嘛，又只是受了比丘戒的普通人，对于爱情的渴望却生生地套上了政治与宗教的双重桎梏。或许这恰恰还原了当时农奴制社会的真实场景：政教合一、神权至上；等级森严、践踏人权；贫富悬殊、社会不公。因而，对于广大老百姓而言，爱情只能被憧憬，平等只能被向往，自由只能被奢望。

1959 年西藏民主改革前，那时苏联已经发射了第一颗人造地球卫星，马丁·路德·金已经在美国开始轰轰烈烈的反歧视运动，我国第一台黑白电视机刚刚诞生，而此刻西藏不到人口 5% 的农奴主阶层，却占有西藏的全部耕地、牧场、森林、山川以及大部分牲畜，而占 95% 由农奴构成的底层老

① 白居易（772—846），唐代诗人，字乐天，号香山居士、醉吟先生。

百姓却是农奴主的私有财产，可以被买卖、转让、赠送、抵债和交换。下面这首诗何尝不是对这种现实的控诉呢？

往生坠地狱，
阎王持业镜；
阳间多不平，
阴间求秉公。

乍一看，上一首是爱情诗，这一首诗就变成宗教诗了。其实，诗人只不过是从不同的角度，抨击社会的黑暗面。尤其是第二首以“阴间”“阳间”做对比，诗人面对类似“朱门酒肉臭，路有冻死骨”的场景，以“神王”之尊“大逆不道”地代言底层人民，近乎绝望地呼唤爱情、渴望美好、抨击不公，彰显了悲天悯人的人文情怀、呵斥丑恶的社会担当，再现了诗人金刚怒目的善良坚定。

四、假去真来真胜假

仓央嘉措诗歌既有对浪漫爱情的向往、对佛法修行的初心、对至纯友谊的歌颂、对底层民众的悲悯，更有对社会阴暗面，尤其是对世间乱象毫不惜力的鞭笞。

乌云镶金边，
酝酿霜与雹；
僧衣藏俗欲，

欲毁佛与法。

这首诗将世人的目光拉回诗人身着的袈裟。佛教作为一种文化自觉，与时俱进应当是一种智慧，更是一种担当。显然，诗人所处的时代并不美好，诗中所描绘的“非僧非俗”之人，应该是影射宗教界一些乱象吧。这首诗对于今天同样有现实意义，诸如“朝阳区 30 万仁波齐（切）”的笑谈、“王兴夫、杨洪臣”的假活佛案等，再次让人联想到释迦牟尼所说：毁我教者乃穿我衣人。一位佛教徒告诉笔者说他绝不会见到穿袈裟的就拜，这种“依法不依人”“去伪匡正正信净信”的态度可能正是此诗的真正用意之所在吧。另外，对于“活佛转世”，毫无疑问的是要遵循宗教仪轨、历史定制、中央批准。至于“假仓诗”，诸如：《见与不见》《问佛》《十诫诗》等仿作，笔者认为无需太过介意。的确，这些诗都不是仓央嘉措本人作品，有些完全是杜撰，但无伤大雅。即便明知是仿作，还有那么多人喜欢，愿意把它当成仓诗，当然可以理解为人们向往和追求文明、和谐、美好生活的一种表现。

老嫠美须髯，
聪慧更胜人；
莫言黄昏去，
莫言拂晓归。

偷偷去会美人，却顺带把看门老藏獒任性地调侃了一番，要知道青藏高原的人们往往把家里的狗也当成家庭成员来对待，诗人赋予老狗以人的生动与尊严。借此诗，巧妙彰显出众生平等、守望尊严的朴素价值观。不过，结合当时诗人所处的政治环境，有权力时时处处限制诗人自由的，只有摄政第司·桑杰嘉措[①]，难道躺枪的就是此人？的确如此，表面上看，诗人似乎对他限制自由颇有不满，并进而谐谑了一番，可真的对其“人肉搜索”一番，才发觉诗人的不满另有深意。具体来说，诗人前世第五世达赖喇嘛圆寂后，第司·桑杰嘉措没有将这一重大变故向清朝中央政府汇报，反而秘不发丧，秘密寻访第六世，这也在某种程度上造成了诗人一生的坎坷与磨难。回头再看，如果当年第司从一开始坦坦荡荡向康熙皇帝报告五世达赖圆寂、寻访、转世的真实情况，求得中央政府的认可，或许，仓央嘉措的人生会是另外一番景象吧？

五、劝君更进一杯酒

“轻轻的我走了，正如我轻轻的来；我轻轻的招手，作别西天的云彩……”这是青年徐志摩道别康桥时流动的诗词画面。不知何故，它总能把我拽回600多年前仓央加措送别友人时的场景中：

① 也称第巴桑杰嘉措，是西藏地方噶厦政权第五任最高行政首脑。

圆帽扣发顶，
柳辫甩身后；
道声请慢走，
回句君留步；
诉声伤离别，
告句待相会。

毫无疑问，这首离别诗是仓央嘉措诗歌主题的扩展和丰富，一个以友谊为线索，勾勒出友人“去去天涯无定期[①]”的难舍，以及诗人“悲莫悲兮生离别[②]”的苦楚。这种平平常常的别离，居然也成为袈裟诗人的诗歌主题。尽管文字平平淡淡，没有奇句可觅，但诗人正是以朴实无华的语言将丰富充沛的思想倾述出来；文字的“简”与内涵的“满”相得益彰，“绚烂之极归于平淡，但是那平不是平庸的平，那淡不是淡而无味的淡，那平淡乃是不露斧凿之痕的一种艺术韵味”不过对于这首诗，一些读者认为是男女恋人分别的意境，爱情的成分多一些。的确，从藏文表述来看，无法确定道别对象的性别，也看不出两者的关系。不过纵然是美女，即便是爱情，这种伤别离的质朴、直接，让人泣、令人悲。有别于白居易“不得哭，浅别离；不得语，暗相思”的不可名状之苦、不可表白之痛，仓央嘉措的道别千般不舍，香山居士的别离

① 出自南唐诗人伍乔（出生年月不详）的《冬日道中（一作冬日送人）》。
② 出自《楚辞·九歌》中的《少司命》。

则万般无奈。

不过，在诗歌的创作，香山居士与仓央嘉措都有化腐朽为神奇的力道，所以，清代刘熙载对白居易诗词的评价好像同样适用于仓央嘉措的诗歌："常语易，奇语难，此诗之初关也；奇语易，常语难，此诗之重关也。香山用常得奇，此境良非易到"。

述不完情本无情，道不尽缘本无常。"执象而求，咫尺千里"，对于仓央嘉措诗歌的诠释，对于本人情感的真实再现，诚然不免盲人摸象，不及万一，正如和他同一个时代的纳兰容若[①]，一句"家家争唱《饮水词》，纳兰心事几人知"，何尝又不是对仓央嘉措及其诗歌的真实写照呢？不过，同世人多分享一个解读的维度，多摸索一个如此诗人的这般解读，岂不美哉？岂不妙哉？

① 纳兰性德（1655—1685），叶赫那拉氏，字容若，号楞伽山人，满洲正黄旗人，清代著名词人。

圣僧，请留步

郭思言

一

繁星闪烁，皓月当空，我在布达拉宫脚下仰望星空。

高原的长风从红宫顶端滑落下来，撩过屋檐的经幡，穿过树丛。长风知道我在等一个人，一个被喻为神的人。布宫脚下层层叠叠的夜色中逐渐凸显出他的身影，隐隐绰绰朦胧不清，他没有看到我的存在，我亦未看清他的真容。长风低吟着一首古老的歌，歌词是他写的悲欢离合，我想问问他："后来你去了哪儿？为什么布达拉宫里供奉着五世至后所有达拉喇嘛的灵塔，却唯独没有你——六世达赖喇嘛仓央嘉措？"可是我知道，纵然伸手也拉不住他的衣襟，几百年光阴相隔，我们迎面而来只能擦肩而过。

二

当年幼的门巴族小儿计美多吉协加衮钦像抓阄一样将稚嫩的小手伸向五世达赖喇嘛遗物时，圣洁的佛光从天而降照耀在他幼小的身躯上，可伴随着佛光一起席卷而来的还有人世间的诅咒、阴谋、围攻、暗算等等。随后，大风大浪、大起大落、大喜大悲，成为他在劫难逃的命运。

找到五世达赖喇嘛转世灵童的西藏摄政王第巴·桑结嘉措并没有立即接这个幼童回到拉萨，权力的角逐场上暂时不需要他的登台亮相。光阴流传，幼童长成了少年，当 14 岁的计美多吉协加衮钦以为命运的诅咒已经遗忘他的时候，高原的季风煽动了蝴蝶的翅膀。康熙大帝在平定准噶尔的叛乱中，从俘虏那里偶然得知五世达赖已圆寂多年，而摄政王第巴·桑结嘉措独揽大权秘不发丧，亦不向朝廷汇报。皇帝勃然大怒，一张圣旨化为蝴蝶飞向了拉萨。

惊慌失措的摄政王第巴·桑结嘉措一面上书向皇帝承认错误，一面赶紧命人从藏南接回早已选好的转世灵童。康熙三十六年，少年计美多吉协加衮钦在去拉萨的途中以五世班禅罗桑益西为师，剃发受沙弥戒，取法名罗桑仁钦仓央嘉措。据《西藏喇嘛事例》清钞本记载："康熙皇帝亲派章嘉呼图克图等至藏，迎至布达拉坐床，御赐珍物甚多。"皇帝虽疑虑重重，但出于稳定政局的考虑还是承认了仓央嘉措六世达赖喇嘛的身份。

就这样，门巴族少年身不由己的从家乡藏南被夹裹到藏民族的心腹之地，又被讳莫如深的政治无情地抛向不测之渊。

布达拉宫里的酥油灯忽明忽暗，如同少年扑朔迷离的人生，此时的少年还顾不上皇帝的猜疑，也顾不上黑暗里的觊觎，这座诺大的宝殿对他来说像一座迷宫，他既兴奋又彷徨，既着迷又恐慌，他迫切地想在这里寻找到那个真实的自己，又极为不安怕失去那个真实的自己，他一遍遍的追问："我究竟是谁？""谁究竟是我？"，站满了佛与人的大殿，回答他的只有酥油灯的闪烁其辞。

从仓央嘉措坐床的那天起，质疑声便从未间断，直至今日。摄政王第巴·桑结嘉措的政敌拉藏汗更以他为有的之矢。年轻的达赖喇嘛没有实权却要在权力的争夺中成为牺牲品，他厌恶这样的明争暗斗，他讨厌本该充满了慈悲的佛堂却充满了阴谋，他悲悯在太阳最充足的高原却还是有阳光普照不到的人心。

仓央嘉措的原生家庭信奉藏传佛教宁玛派，宁玛派没有太多清规戒律，而他被定为活佛的格鲁派却对僧众有着极为严厉的要求。十几岁的仓央嘉措被监督学经修道，种种清规戒律繁文缛节约束着他，生活上受禁锢，政治上受摆布，离天堂最近的宫殿成了天牢，他知道自己是个傀儡，可他不甘任人摆布，他要用自己的方式进行抵抗，为"心"寻找一个出口！

当众生五体投地匍匐在活佛仓央嘉措脚下时，他却抛下佛的光环一头扎进了人声鼎沸的俗世。《列隆吉仲日记》记载，仓央嘉措"身穿绸缎便装，手戴戒指，头蓄长发，醉心歌舞游宴"，仓央嘉措也在诗中写道：

布宫圣至尊
仓央嘉措师
逻些浪迹者
唐桑旺布汉

据说仓央嘉措以唐桑旺布的化名流连于街头巷尾、沉醉于酒馆宴席，他蓄发、酗酒、奇装异服、夜宿民居、谈情说爱，松巴堪布的《青海史》中提到，仓央嘉措甚至向五世班禅罗桑益喜提出退戒！公元 1702 年，仓央嘉措手捧僧衣，在日喀则古老的寺院里跪拜在上师罗桑益西面前，他要送回僧衣退戒还俗！

退戒的请求自然没有被应允，仓央嘉措能做的唯有反抗。他用违逆表达反抗，对神权的反抗，对皇权的反抗，对所有压制的反抗！他一生的主题不是如何保住活佛的崇高地位，而是如何与自己的命运展开对抗！

三

有人说如果不懂《格萨尔王》就等于没有真正见识过西藏，我想，如果没有读过仓央嘉措就等于没有真正了解过西藏。仓央嘉措所从属的宗教体系代表着藏人的精神领域，而他所混迹的街头民巷展示着藏人现世的生活万象，他在佛与人之间来回穿行，体验着佛的快乐与人的烦恼。

具格本师前
本欲求正法
无奈心无踪
流连红袖旁

“本欲求正法”与“流连红袖旁”，在出世与入世之间仓央嘉措为“心”找到的那个出口叫做诗歌，他用诗歌与天空对话，以独立之姿写下心的独白，包含了丰富的人生况味。独特的际遇赐予了他佛的视角，而特立独行的叛逆又让他有了人的体验，因而他的诗歌既有佛陀一眼看破的通透，又有俗世凡尘的欲念缠绵。他将对神域的思考，对人间的怜悯，对生命的无奈，对自然的热爱统统写进诗歌，那些执与悟、求与舍、行与思，都化为诗歌中的音符。达赖喇嘛第一次不再以深奥晦涩的经义教导人们，第一次不再以活佛的高高在上进行布道，这些诗歌既不金贵也不难懂，如同高原上随处可见的格桑花，平淡质朴，真实可爱，充满了生命的共性，因而它们也如同格桑花一样生命力极强，自问世至今已经流传了三百多年。它们有的以手抄本问世，有的以木刻版印出，有的以口头形式传唱，久久、久久地回响在八廓街的酒馆里、飘荡于毡房外的炊烟中，它们是高原上诵经声的低音部，是藏人手中永不停止的转经筒。

仓央嘉措用诗歌吹响了号角，四面八方的藏人牵着牦牛、背着襁褓、挼着藏粑，从雪山、从湿地、从草原追寻着号声汇聚到他身旁，人们从他的诗歌里找到情感的共鸣，获得开悟的智慧。融入众生的仓央嘉措由此才真正修成正果，成为一代活佛圣僧，正如道一禅师明示："佛不远人，即心而证。"

当那些从"心"而出的诗歌成为一部部不朽的经卷时，它们也成为了活佛不务正业的罪证。

权力的争夺最终必将以战争的方式结束。拉藏汗调集蒙古大军击溃藏军，杀死了桑结嘉措，并召集僧侣企图给仓央嘉措定罪。长久以来，仓央嘉措被冠以放荡不羁的形象，事实上，作为活佛的他必须精通各类佛教典籍，博览群书，18岁的仓央嘉措就已经作为一教之主开始传教布道，他满腹经纶出口成章，在僧徒中拥有极高的声誉。因而，当拉藏汗预定其罪时，僧人们迫于压力只是给出了一个不痛不痒的罪名——迷失菩提。拉藏汗岂可罢休？他上书朝廷："六世达赖喇嘛仓央嘉措沉溺酒色不理教务，不是真正的达赖，请予贬废。"毫无疑问，那些流传民间的诗歌便成了最好的证据。皇帝下诏："将六世达赖喇嘛诏送京师。"我猜想，也许康熙皇帝读过仓央嘉措的诗作？"诏送京师"的圣旨总让我觉得或许皇帝对这个另类的达赖有些兴趣？想当面见见这位不愿成佛一心做人的喇嘛。

然而，命运并不遵从皇权的号令。

四

拉藏汗的蒙古军队将仓央嘉措押送到哲蚌寺时，仓央嘉措的信徒策划了一场哗变。武装僧人从蒙古军中抢走了仓央嘉措，将他请回了布达拉宫，僧众在他身边围起了一道人墙，用身体组成最坚硬的宫殿。蒙古大军将布达拉宫团团围住，火光冲天中佛堂成了地狱，我看见端坐在莲花宝座上的仓央嘉措泪流满面，目睹生灵涂炭的活佛比自己死去更加痛苦，他挥毫写下那首著名的绝笔诗：

翩翩白羽鹤
假予吾羽翼
千里不求至
理塘去归来

放下笔，他站起身来，酥油灯的光亮里显露出佛的真身。他拦住要发起反攻的僧众，用洪亮的声音说："吾之生死无妨，不久即可重见吾之僧徒。"说完，大步走出布达拉宫，束手就擒。僧众跪拜于地，泣不成声。

仓央嘉措在正史中最后出现的地方是青海湖。据《西藏喇嘛事例》记载，仓央嘉措被押至青海湖附近时病逝，年仅24岁。

从雍和宫官网上《雍和宫史册的七世达赖喇嘛》一文中我们可以得知，仓央嘉措被废黜之后，拉藏汗另立益西嘉措为六世达赖喇嘛，这在蒙藏宗教界引起轩然大波，蒙藏之人均不认可，遭到众多僧侣的反对。乾隆四十五年，清政府在西藏人民的一再请愿下不得不恢复仓央嘉措六世达赖喇嘛的身份，这在西藏宗教史上是唯一一例！而在所有的达赖喇嘛中仓央嘉措占据了太多个唯一：他是唯一一个非藏族或蒙古族出身的达赖喇嘛，是唯一一个以诗人身份闻名于世的达赖喇嘛，是唯一一个不知所踪的达赖喇嘛，是唯一一个传说如此众多的达赖喇嘛，也是唯一一个“死后”还能让皇帝改弦更张重新册封的达赖喇嘛！可是，对于仓央嘉措来说，他或许根本不想做那个唯一，他一直追求的不是高高在上的不同，而是深入俗世的大同。

仓央嘉措在正史中的身影淹没在了烟波浩渺的青海湖，他的故事就此结束，但这个故事的结尾却点燃了另一个故事的开篇。

五

如果用一个词来形容青海湖留给我的感官记忆，我只能用“清冷”，这大概和我去的季节、天气有关，但其实这份身体的感受和我没去之前对它的想象不谋而合。

站在深不可测的青海湖旁，清冷的空气中夹杂着青草和泥土的芬芳，我深吸一口，清凉传遍了五脏六腑。我裹紧了身上的衣裳，目光尽量伸长。无论如何我都无法看清青海湖的全貌，站在中国第一大内陆湖的身旁，我明确知道自己不过是青海湖中的沧海一粒，因偶尔的机缘巧合获得肉体凡身，很快又会随着升腾的雾气重新回到那片浩渺中去。我渺小卑微的身躯既无法变成一只鸟俯瞰大地，也无法化身一条鱼深潜湖底，我甚至不能像绕湖朝拜的藏人那样心无杂念地匍匐在地，聆听佛的密语。我只能在这俗世做个俗人，看着青海湖旁走过一个又一个不凡的身影。迎面而来的身影中，我看到狼狈不堪的陈渠珍从藏地九死一生穿过无人的羌塘终于走到青海湖旁，他聚起一捧清凉的湖水，洗净一路的血雨尘霜，从此这位普通人的人生像被佛点化了一般所向披靡，最终以“湘西王”的身姿走进了青史；而远处，带着枷锁艰难行进的“雪域之王”仓央嘉措也从藏地出发来到了青海湖旁，他步履蹒跚神情凝重，在这里他终于卸下了“王”的名号，以普通人终结的方式走出了青史。人生的成败究竟该以何论？冷清、寂静、沉默的青海湖以默默无言的叙事方式讲述着一个又一个离奇却真实的故事，正如佛的箴言在平静中传播开去，引起层层涟漪。

蒙古族僧人阿旺伦珠达尔吉自称是仓央嘉措晚年的关门弟子，他所著的《一切知语自在法称海妙吉祥传记——殊异圣行妙音天界琵琶音》被很多人称为《仓央嘉措秘传》。阿旺伦珠说书中内容均是仓央嘉措本人讲述，根据书中记录，仓央嘉措行至青海湖旁的那天傍晚，忽然天摇地动，狂飙骤起，他在风暴中隐约看见一位牧人打扮的妇人在前面行走，他一路追随而去，当风暴逐渐停歇下来时，妇人不见了踪影，只剩下茫茫前路……

这本《秘传》中详细描绘了仓央嘉措的外貌，他相貌俊美气宇不凡，身体散发芳香，下齿右边的门牙只有一半。关于这颗断齿，仓央嘉措在自己的回忆中也有记录：“幼年时，逢大愿法会，有一夜戏做跳神舞，不慎从高屋顶坠下摔到石板上，将这颗门牙磕断，疼痛难忍，向三宝奋力祈祷，天明

后肿胀全消。”《秘传》完整的记录了仓央嘉措从青海湖消失以后的行踪，年代、地点、事件和人物大都有据可查。根据书中记录，仓央嘉措最终到达了内蒙阿拉善，晚年一直生活在这里，终年64岁。1957年少数民族社会历史调查中显示，阿拉善当地流行的有关六世达赖的身世传说与阿旺伦珠的《仓央嘉措秘传》几乎相同，而且阿拉善的一座名为广宗寺的寺庙就是依照六世达赖喇嘛遗愿所建，并藏有他的肉身灵塔和遗物。遗物中有一缕女子的青丝，这与传说中沉迷情爱的仓央嘉措十分契合。

《秘传》是真是假，调查可信与否，至今没有一个确切的答案，我想以后也不会有，我更愿意相信这样一个版本：“看守活佛的藏人偷偷放了他，无法交差的将军只得以病逝上报朝廷。”因为在佛教盛行的藏地，人们对佛的敬畏，对善的忠诚，对死亡的不惧，足以开启一段新的传奇……

六

繁星闪烁，皓月当空，我在布达拉宫脚下仰望星空。

灯光照耀下的布达拉宫格外恢弘，它的脚下车水马龙。布达拉宫顶层供奉着五世至后所有达赖喇嘛的灵塔，唯独没有他——六世达赖喇嘛仓央嘉措。我知道，他不屑被供奉在布宫，无论生前还是死后，他早已将墓志铭写在了诗歌中，他的墓碑不在布宫，而在人们的口口相传中，在后世效仿的佳作中，在街头民巷的传诵中。

夜色朦胧，仓央嘉措伟岸的身躯逐渐消失在红尘俗世与极乐净土的交汇路口，我欲追上去挽留：“圣僧，请留步。我想问，倘若没有朝堂与权谋，你会做一个本分的活佛还是仍旧一世疯魔？”。回答我的是高原的长风，长风捎来了一片菩提树叶，不偏不倚，正落我怀中。

送您一朵雪莲花

罗　旦

1 月 6 日，新疆医科大学的凯赛尔校长给我发来微信截图，告诉我驻外没多久的徐宏大使回国了。后来，听北京的朋友说大使身体出了状况。从此我们俩就一直挂念着大使的

安康。

3 月 8 日晚上，我错过了凯赛尔校长语音电话，当时隐隐有不祥之感。果不其然，第二天在群里看到了讣告，大家纷纷发帖怀念大使。一时间令人愕然，难以置信。这些天脑海里总是出现大使的身影，时而庄重、时而轻松、时而快乐、时而难过……过往与大使共同工作的日子，又一幕幕浮现在眼前。尽管短暂，却那么难忘。

2018 年 8 月，新疆医科大学的凯赛尔校长和我作为中央代表团成员赴日内瓦参加消除种族歧视审议对话会。面对美国及西方反华势力的肆意攻击，徐宏大使指示我们就新疆和西藏情况，进行严正反驳。对于我们加班加点精心准备的反驳材料，大使却皱起了眉头。他建议我们少用口号和理论术语，而要生动结合平时生活、学习、工作的所思所想，用国际社会易于接受和理解的话语和表达，讲好中国故事。他的话语令我们茅塞顿开。第二天，我们分别以新疆的卫生事业、西藏的民族团结为切入点，在审议会上进行了实事求是、客观公正的表述。效果出奇的好，外交部的同志说，那几个最尖锐的专家对我们的回复竟然也频频点头。除我们外，代表团其他同志的表现也极为出色。这一切毫无疑问都离不开大使的把舵领航。之后，外交部还专门向西藏和新疆人民政府就我们的表现发了感谢信。即将回国的前一天，也是代表团难得的闲暇之日，大使与我们在万国宫的草地上散步、合影，他说很多年前去过西藏，印象深刻，相约下次来拉萨再聊变幻莫测的高原云朵、浪漫聪慧的仓央嘉措诗歌……

1月9日，我发微信给大使，准备出仓央嘉措的译著了，后序要放他的大名，不为名利只为感恩。大使回复“祝贺！出版后送我一本”。

可是，刚过两个月，大使却走了。书还没有出，说好的拉萨之约呢？之后听代表团其他成员说，去年10月她们还参加了单位组织的为大使捐款的活动。

“乘鹤仙人去不回，空名黄鹤旧楼台”是徐宏大使微信最后的诗句。既便离开这个世界，大使依然带着诗意欣然赴约。

不说了，再说就难过了。还是颂一首仓央嘉措诗歌给天堂里的大使吧，他会不会又皱着眉头给我指正呢？

翩翩白羽鹤
假予吾羽翼
千里不求至
理塘去归来

昨天晚上，我梦见两个儿子手捧哈达和雪莲花站在家门口左顾右盼，兴奋地告诉我他们在等一个叔叔来……

2021年3月9日于拉萨

议评《第司·桑杰嘉措阿拉善转世及第六世达赖喇嘛秘史》一文

罗　旦

2005年，内蒙古大学语言学贾拉森教授发表在*Inner Asia*上的“The Reincarnations of Desi Sangye Gyatso in Alasha and the Secret History of the Sixth Dalai Lama”（《第司·桑杰嘉措阿拉善转世及第六世达赖喇嘛秘史》）一文继20世纪80年代后再次引起了藏学界部分学者的关注。

文章主要涉及阿拉善广宗寺（Baruun Heid）两个转世系统，由该寺转世系统最具代表性的人物撰文。文章不同于一般的历史书中所记载的那样认为，第六世达赖喇嘛是在青海的库库瑙尔圆寂的，而是根据《第六世达赖喇嘛秘传》（文中简称为《秘传》，有时候也被称为《秘史》）的记载认为他在被押往京城的途中逃了出来，几经磨难来到了阿拉善旗，1746年在此地圆寂。他的弟子们建立起沿袭两个转世系统即被废黜的第六世达赖喇嘛转世系统和认定前者为达赖喇嘛的第司·桑杰嘉措（1653—1705）转世系统的寺庙。文章的作者作为内蒙古大学语言学教授，又作为第司·桑杰嘉措传承至今的“传承人”，他详述了这个广受争议的传承系统，及其在文化大革命结束后再次延续的状况。

译者认为尽管此文的重点是有关第司·桑杰嘉措转世问题的探讨，涉及第六世达赖喇嘛的内容并不多，但是根据贾拉森先生文章中两位历史人物之间相互依存、相互佐证的关系来看，证明桑杰嘉措转世问题的真实性，对于仓央嘉措最终命运的定位具有至关重要的意义，所谓“皮之不存，毛将焉附”。

纵观近年来对于仓央嘉措的最终结局，学界主要有以下三种说法：

（一）仓央嘉措被押解北京途中，病殪于青海湖畔，遗体运至塔尔寺焚化。又说仓央嘉措走到此地因厌世而沉湖自溺。此为“青海说”①。

①《清圣祖实录》载：“（康熙四十五年，1706年）理藩院题，驻扎西宁喇嘛商南多尔济报称，拉藏送来假达赖喇嘛，行至西宁口外病故。”《清史稿》载：“四十四年桑结以拉藏汗终为己害，谋毒之，未遂，欲以兵逐之。拉藏汗集众讨诛桑结。诏封为法恭顺拉藏汗。因奏废桑结所立达赖，诏送京师。行至青海道死。依其俗，行事悖乱者抛弃尸骸。卒年二十五。时康熙四十六年。”《隆多喇嘛全集》载：“二十五岁，十月十日死于蒙古地区的衮嘎诺尔”。《噶伦传》载：“六世达赖喇嘛在打算前往汉地的途中，逝世于衮嘎诺尔。”《七世达赖传》载：“仓央嘉措·一后到衮嘎诺尔”，在该地“去逝”，其属下人等念其功德及恩惠，含泪祈祷，仓央嘉措尸体被迎往西宁。数日内信徒献供祈祷。”《蒙藏佛教史》载：“年至二卜有五，敖于欺。于康熙四十六年行至青海工噶洛地方圆寂。”

（二）清朝政府将六世达赖软禁在五台山观音洞修行，其在此坐化。这种说法为“五台山说”①。

（三）阿拉善左旗的蒙古民众却坚信不移，仓央嘉措在青海湖脱身之后，以游方僧身份，云游天下十年，最后落脚阿拉善，被多罗郡王阿宝与丹颜公主奉为上师，布教二十余年，创建规模恢宏的广宗寺。此为“阿拉善说”②。

就仓央嘉措的结局以及从而引发的第司·桑结嘉措的转世问题，在 20 世纪 80—90 年代，藏学界的前辈专家们就《秘传》的真实性进行过较为激烈的探讨，形成了三种迥异的观点。

以于乃昌、黄颢、吴碧云为代表的一些学者认为不能因为“青海说”信众多而作定论，因为这种“说法包含有明显的政治需要”③。对于牙含章先生主张的“五台山说”则认为材料不够周详，缺乏佐证，可信度不足。从而较为认同最后一种“阿拉善说”，对《秘传》的真实性也较为肯定。

于先生在《仓央嘉措生平疏议》一文中称，《秘传》是记载仓央嘉措生平最早的文献之一，还有蒙文《哲布尊丹巴传》，记载了仓央嘉措在青海被蒙古和硕特部首领送到阿拉

① 《十三世达赖喇嘛传》载：“十三世达赖到山西五台山朝佛时，曾亲去参观六世达赖仓央嘉措闭关坐静的寺庙。”牙含章同志据此认为：“六世达赖仓央嘉措送到内地后，清朝皇帝即将其软禁在五台山，后来即死在那里，较为确实。”可参见牙含章《达赖喇嘛传》。

② 《秘传》载称：乾隆十一年（1746 年）阴历四月初八死于阿拉善旗朵买地区的一座蒙古营帐中。

③ 于乃昌：《仓央嘉措生平疏议》，《西藏研究》1982 年第 3 期。

善隐藏起来。文章称1979年和1981年分别从马林·益西赤列和多识先生处得知在阿拉善广宗寺有许多仓央嘉措的遗物。因而得出结论，认为可信度较大。

以中央民族大学喜饶尼玛教授为代表的一些学者对“阿拉善说”的真实性持否定态度。喜饶尼玛教授在《仓央嘉措秘传的真实性及其它》一文中对《秘传》中记述的一些关键性问题进行了详尽的分析，指出“秘传的记载与史实不符，有的纯属子虚乌有；全书2/3讲的内容是荒诞神奇，与常理相悖，失误颇多，因而认定《仓央嘉措秘传》是一部杜撰的书。”喜饶尼玛教授认为，《秘传》作为孤证是不足信的，作者阿旺是一个虔诚但又有野心的喇嘛。杜撰此书的目的，是想借六世达赖之名为自己树碑立传，扩大自己宗教、政治影响。持此观点的还有顿珠次仁先生，他在《辨析》中提出《秘传》的许多记述荒诞不稽，该书中所谓仓央嘉措的事迹，实际上写的是塔波贡尊活佛曲扎嘉措的事迹，否定了《秘传》的真实性。1984年宋晓嵇同志发文认为《秘传》“其中有许多神秘的夸张性的宣传，不可尽信”①。

除此之外，《清史稿·列传·藩部（八）西藏》②、《清圣

① 宋晓嵇：《对仓央嘉措的点滴见解》，《西藏民族学院学报》（哲学社会科学版），1984/04。

② 〈康熙〉“四十四年桑结以拉藏汗终为己害，谋毒之，未遂，欲以其逐之。拉藏汗集众讨诛桑结。诏封为翊法恭顺拉藏汗。因奏废桑结所立达赖，诏送京师。行至青海道死，依其俗，行事悖乱者抛弃尸骸。卒年二十五。时康熙四十六年。”

祖实录·卷二二七》[①]、妙舟法师《蒙藏佛教史》[②]、于道泉《第六代达赖喇嘛仓央嘉措情歌》[③]、洪涤尘《西藏史地大纲》[④]、王辅仁、索文清《藏族史要》[⑤]、葛桑喇《一个宗教叛逆者的心声》[⑥]、王尧《第巴·桑结嘉措事迹考》[⑦]、曾文琼《风流喇嘛六世达赖》[⑧]，另外海外学者杜齐《西藏中世纪史》[⑨]、伯戴克

① "康熙四十五年十二月庚戌，理藩院题：'驻札西宁喇嘛商南多尔济报称：拉藏送来假达赖喇嘛，行至西宁口外病故。假达赖喇嘛行事悖乱，今既在途病故，应行文将其尸骸抛弃。'从之。"

②（仓央嘉措）"年至二十有五，敕入觐。于康熙四十六年行至青海工噶洛地方圆寂。"

③ "拉藏汗乃取得皇帝之同意，决以武力废新达赖而置之死地。即以皇帝诏，使仓央嘉措往北京。而以蒙古卫兵及一心腹大臣伴行。路过哲蚌寺前，寺中喇嘛出卫兵之不意，将仓央嘉措劫去。卫兵遂与寺中喇嘛开战，攻破哲蚌寺复将仓央嘉措夺回，带往纳革刍喀。康熙四十五年（1706）仓央嘉措二十五岁，在纳革刍喀被杀。而依照汉文的记载则说他到纳革刍喀与青海之间患水肿病而死。"《第六代达赖喇嘛仓央嘉措情歌》，1931年，中研院史语所。

④ "假达赖行至青海，病死，时年二十五岁，康熙四十六年也。"

⑤ "公元一七〇六年（康熙四十五年），仓央嘉措在解送途中，病死在青海湖畔。"

⑥ "行至青海湖畔，被拉藏汗派去的人杀害。"

⑦ "当第巴·桑结嘉措被杀的第二年，仓央嘉措便紧跟着断送在和硕特拉藏汗的手中，死在青海湖畔遂解的途中……被弄死在青海。"《西藏文史考信集》，王尧，1994年，中国藏学出版社。

⑧ "六世达赖在戒备森严的蒙古包中，一时一刻也没有忘记他的诗歌朋友们和情人仁增旺姆……感慨地写道：'在东山的高峰，云烟缭绕的山上，是不是仁增旺姆，又为我烧起神香！'1706年6月27日，六世达赖被押送北京。行前他还通过一个藏兵把他写给仁增旺姆的诗交给她，他又写了一首离别的诗：'白色的野鹤呀，请你借给我翅膀，我不去远方久住，只去理塘一趟。'……据说，行至青海湖畔，被拉藏汗谋害。"

⑨ "在黑河附近，仓央嘉措丧命。"

《十八世纪的中国和西藏》[1]等文，也均持的是“青海说”。

目前，这一观点已被相当多的学者所认同。

最后一种观点认为对《秘传》的真实性目前没有充足的材料加以判断，无法下定论，只能有待来日获得更为确凿的证据来盖棺定论。三百年过去了，仓央嘉措作为诗圣的不朽地位已经得到承认和确立，但他24岁在青海湖消失后的40年经历是否真实存在，涉及他在17世纪下半叶到18世纪上半叶中华民族近代史的各民族大融合的过程中是否起到过积极作用的大是大非的问题，史学界有责任、有义务努力澄清，给仓央嘉措以全面、正确的历史定位。[2]持此观点的有李雪琴[3]、信理等学者。

译者经认真分析以上三种观点，较为认同喜饶尼玛教授等学者的观点，也对《第六世达赖喇嘛秘传》的真实性持怀疑态度，主要有以下几点看法：

---

① （仓央嘉措）“于1706年11月14日死于公噶瑙湖附近。虽然按意大利传教士的说法，传闻他是被谋害的，但汉、藏的官方记载都说他死于疾病。而没有什么充分的理由可以怀疑他的真实性。”

② 信理：《关于仓央嘉措结局四种说法的辨析》，《西藏研究》1987年。

③ 李雪琴：《从〈仓央嘉措秘史〉看仓央嘉措生平》，《民族文学研究》1981年1、2期合刊。

一、仅贾拉森教授文章中就存在几处与藏汉史籍不符之处

1. 仓央嘉措拜师五世班禅问题

文章提到“与此同时，他（桑杰嘉措）积极寻访转世灵童，于1685年将一名男童认定为灵童，他就是后来著名的仓央嘉措。摄政将新达赖喇嘛秘密迎请到浪卡子拜师第五世班禅喇嘛。”

据《西藏通史·松石宝串》“1696年5月10日摄政已经向仓央嘉措的父母解除了秘密。[①] 1697年5月4日（仓央嘉措）前往浪卡子的丹增颇章宫。于该年9月17日会见班禅罗桑益西，在盛大的政教欢宴上，班禅为其授沙弥戒，取法名洛桑仁钦·仓央嘉措[②]。因此称仓央嘉措被“秘密迎请前往浪卡子”似乎不妥，当时仓央嘉措应当是以达赖喇嘛的公开身份前往的。

2. 桑结嘉措布达拉宫扩建工程的起始时间问题

文中提到，仓央嘉措拜师五世班禅后，“摄政也开始了大规模的布达拉宫扩建工程”。

桑结嘉措扩建布达拉宫的具体时间为1690年2月22日，

---

① 恰白·次旦平措等著，陈庆英等译：《西藏通史·松石宝串》，西藏古籍出版社，2004年3月第2版，第695页。

② 陈庆英等著：《历辈达赖喇嘛生平形象历史》，中国藏学出版社，2006年第1版，第252-253页。

1694 年 4 月 20 日竣工[1]。故此处作者称“同时”似乎不妥，扩建布达拉宫应早于仓央嘉措身份公开及拜师班禅的时间。

3. 桑结嘉措在五世达赖喇嘛去世后向康熙皇帝进献礼品问题

文中提到“第司专门派人向康熙进献了五世达赖喇嘛的画像、三件衣服”。根据《西藏通史·松石宝串》第 699 页内容：“进献了五世达赖喇嘛的‘亲笔信’、平时穿用从不离身的三法衣和达赖喇嘛本人泥塑像。”此处除了三件法衣吻合外，其他两件礼物都有出入。

二、令人匪夷所思的逻辑推理

文中提到所谓桑结嘉措的第一世转世达尔吉诺门汗、第五任转世琼桑嘉措分别与第七世和第十三世达赖喇嘛之间的关系。“达尔吉诺门汗被第七世达赖喇嘛册封为阿日鲁散额尔德尼诺门汗作为转世喇嘛，还享有同当地宗教精英一样的地位。”“达尔吉诺门汗的第五任转世琼桑嘉措同第十三世达赖喇嘛土旦嘉措。从广宗寺保留至今的大量私人信件中可以看出，当年两位佛爷联系紧密、频繁。”这些情节的介绍不外乎想从侧面说明桑结嘉措的转世得到了两世达赖喇嘛的认可，其合法性得到了保障。其实这是根本经不起推敲的。《秘传》及贾拉森教授一直强调仓央嘉措转世系统在阿拉善地区

---

① 恰白·次旦平措等著，陈庆英等译：《西藏通史·松石宝串》，西藏古籍出版社，2004 年 3 月第 2 版，第 695 页。

的延续以及同桑结嘉措转世系统的相互依存、相互佐证的关系，如果按照这一逻辑，第七世达赖喇嘛格桑嘉措在西藏延续的达赖喇嘛转世系统的合法性、真实性又该如何解释呢？而且为什么要用西藏的“假达赖喇嘛”证明阿拉善地区桑结嘉措转世系统的存在，而不用阿拉善的仓央嘉措的转世活佛系统来进行佐证？这种不合逻辑的求证令人匪夷所思。

还有一点需要注意的是桑结嘉措第一世转世达尔吉诺门汗、第五任转世琼桑嘉措是以何种身份同第七世和第十三世达赖喇嘛发生联系的？是否就是以所谓仓央嘉措认定的桑结嘉措转世活佛身份进行联系的呢？答案肯定是否定的。显而易见，如果以这种身份出现，达赖喇嘛是绝不可能承认的。这样，就否定了其自身的合法性。正如陈庆英先生指出的那样“如果说仓央嘉措不是在库库诺尔圆寂，而是又生活了四十年才在阿拉善去世，那么以后的七世达赖以下的历辈达赖喇嘛的传承都失去了理论的依据。①因此，译者认为如果当时达尔吉诺门汗和琼桑嘉措果真同两世达赖喇嘛发生联系的话，也只能是以阿拉善地方高僧的面目出现。

三、广宗寺保存的所谓仓央嘉措遗物问题

中央民族大学的贾敬颜先生当年曾到阿拉善旗进行考察，他提到文革前，广宗寺还保存着仓央嘉措的肉身塔。20世纪50年代，寺内住持曾出示过六世达赖的遗物，内中有

① 2008年3月23日为笔者授课时的言论。

女人青丝。于乃昌先生也称从加玛林·益西赤烈和多识同志那里得到的情况基本相同[①]。贾拉森教授的这篇《第司·桑杰嘉措阿拉善转世及第六世达赖喇嘛秘史》也提到"1966年8、9月份文革爆发，造反派涌入广宗寺……当他们撬开圣髑盒时，眼前的一幕让他们吃惊：经防腐处理过的遗体各个关节依旧灵活自如，各器官完好无损。"

于是，一些学者包括加玛林·益西赤烈和多识同志以此遗物、骨灰等物作为最终认定仓央嘉措在阿拉善生活过的证据[②]。译者认为，若真要辨别以上说法的真实性那只能求助于当今世界最先进的DNA技术来鉴别真伪。退一步说，即便遗物真是仓央嘉措的，那也不能证明他就真在阿拉善生活过40年。这正如陕西法门寺保存有佛指舍利子、广东海幢寺有佛祖舍利子，北京八大处灵光寺保存有佛牙舍利，试问我们就能因此得出释迦牟尼曾在这些地方修行过的结论吗？

综上所述，对于仓央嘉措最终结局的"阿拉善说"以及由此引发的"桑结嘉措转世说"，作者是持否定态度的。作者以为要对"桑结嘉措转世说"作出最终的认定，还是只能从对仓央嘉措真实结局的了解上着手。显然，这仍有待藏学界的有识之士继续努力，得出一个较为公允的、客观的结论。

此文刊载于《宗教研究》2010年第1期

① 于乃昌：《仓央嘉措生平疏议》，《西藏研究》1982年第3期。

② 于乃昌：《仓央嘉措生平疏议》，《西藏研究》1982年第3期。

后 记

“久久不见久久见”，这是来自2018年习近平总书记欢迎出席博鳌亚洲论坛四海嘉宾时所引用的海南民歌里的句子。与众不同的开场白，亲切自然、从容高雅，令人久久难忘。特此转借为本书之名，以纪念仓央嘉措诗歌和我的一段缘分。

本人学习和研究仓央嘉措及其诗歌始于2007年至2010年在中央民大读博期间，当时被于道泉先生《第六世达赖喇嘛仓央嘉措情歌》深深吸引。彼时导师陈庆英教授叮嘱说，藏学研究可以找到一个切入口，就像仓央嘉措诗歌，然后像一根针一样，不断地细致深入、充分汲取营养，假以时日，必成正果。无奈，毕业之时，道别了恩师和同学，似乎也道别了学习，与仓央嘉措诗歌的缘分似乎更是到了“久久不见”的时候了。

造化弄人，整整6年“久久不见”直到2016年被派往山南市桑日县驻村，又得以“久久见”。驻村的小铁屋里几本书百无聊赖地躺在办公桌上，其中就夹着一本于道全先生的仓央嘉措诗歌译作。于是，我和仓央嘉措诗歌的缘分在扎巴村夏日的铁皮房下又续上了。从此，翻译诗歌成了我除工作外最重要的使命。刚开始盲目自信地认为只要搜集相关的书籍、文章、网文等，再整合整合，加一点个人特色，就能完工。可事实并非那么简单，尤其是要认真地把事情做好。于是开弓没有回头箭，这一做就是断断续续的 5 年。

毫无疑问，前人已经在仓央嘉措诗歌翻译、研究上做出了许多贡献，我一个无聊而为的作品又能有什么新发现、新突破？是哗众取宠，还是另起炉灶？是横冲直撞般的的生硬直译？还是如许渊冲先生倡导的“形式美、内涵美、韵律美”？

“何以消烦暑，书中寻清风”。通过大量阅读，并对专家们的英、汉作品进行对比研究，我慢慢摸索到了自己的路径。

毋庸置疑，先前的学者从各自的角度对仓央嘉措诗歌的研究奠定了坚实的基础，也取得了重要的成果。不过，为什么能得到广大读者较为肯定的好作品却不多呢？我想这既不是研究者的水平问题，更不在于读者的眼界高低，可能是在翻译过程中，稍微忽略了对各民族语言特性、文化心理等的关照与把握。

尽管，我的结论或许有失公允，可我仍执念于沿着这个思路走下去。藏族人说“自酿青稞酒，再苦也得喝”。

2016 年起，我着手分类阅读唐诗宋词和“四书五经”等，以便较为深入、系统地了解汉文化的深厚底蕴和汉民族丰富的文化心理。尽管刚开始由于用力过猛，导致一度难以下咽，不过，随着义无反顾的坚持、兴趣的提高和思考的深入，最终迎来了柳暗花明的一刻。那每一丝的心领神会，都能带来直击人心的共鸣，这或许就是中华文明融汇贯通的力量吧。

2020年正式动手进行翻译，很多思绪自然而然就从心底流淌出来，“提笔书自在，水浸不见字；心底那画卷，愈拭愈分明”。这正生动印证了习近平总书记“我们灿烂的文化是各民族共同创造的。中华文化是各民族文化的集大成”的科学论断。

对于英文翻译，主要以意译为主，重点参考了泰戈尔包括《飞鸟集》《新月集》在内的系列英文书籍。同时，对仓央嘉措诗歌涉及到的一些生僻人名、地名等都加了英文注释。

回顾这些年尽管在藏学研究上没有取得什么大的成果，但从来没有停止过，这都源于大家对我的信任与期望。感谢导师陈庆英先生、斋苏·旺多先生、甲日巴·罗桑朗杰先生、次旦扎西先生、克珠群佩先生、扎西班典先生，以及已乘鹤西去的群培先生！感谢为本书提供木刻版仓央嘉措诗歌的巴桑罗布先生！在此向8位藏学家致以最崇高的敬意！

北京大学环境资源与系统生态学李超慧博士对英译文进行了全文通读与精准修改；中国人民大学外国语学院莫嘉琳副教授、北京市京剑律师事务所陈燕女士反复校对了英译文；

西南民族大学加央平措教授及西藏电视台著名主持人边巴次仁先生进行了藏文校对；中国公安大学教授冯小龙先生对全书进行了审读及修改。

西藏天堂时光旅行书店潘朝奉先生、中央民族大学藏学研究院副院长周拉教授、西藏风马儿文化创意产业发展有限公司龚艳女士、北京大学人类学博士何贝莉女士、北京大学文学博士仁增卓玛女士、长春市社会主义学院院长羿宗哲女士、西藏大学理学院次仁央宗教授、拉萨市团委慈旦德吉副书记、拉萨市第六中学副校长索朗次仁同志、西藏自治区人民政府办公厅接待处嘎松达瓦同志、西藏社会主义学院旦增央宗及仁增卓玛老师、拉萨烟草公司洛桑曲珍女士、西藏人民广播电台尹莎女士、西藏电视台著名主持人殷秀梅女士、西藏雅桑实业有限公司次仁欧珠先生、西藏青沐教育扎西甘措女士、雅安蒙鼎好茶叶有限公司陈娜女士、摄绘主义文化创意工作室达瓦先生、西藏他喜管理咨询有限责任公司卓玛及亚玛女士，以及众亲友玉珍、温慕华、张星民、德吉曲珍、赵炳辉、次仁、多布杰、赵朗、古玲青、张静心、冀国栋、东会、张海霞、张颖、白玛次巴、萍措卓玛等亦对本书有诸多重要贡献。

特别致谢西藏自治区党委统战部部务会成员，西藏社会主义学院党组书记、院长平措旺堆同志以及中国藏学出版社洪涛社长、永红副总编、南加才让主任、马建军经理对此书的大力支持和专业指导。感谢令我对汉文化痴迷一生的成都西藏中学语文老师孙钳女士及人生诤友满湘云女士！

Last but no least，感谢我的妻儿曲茜、宫嘎丹臻和喜若丹臻，你们的爱赋予了此书幸福的力量；缅怀天上的父母：次仁洛布、卓嘎，你们的养育赋予了此书译著者以生命的尊严。

罗旦写于雅安蒙顶山下

2021 年 9 月 24 日

图书在版编目（CIP）数据

久久不见久久见：仓央嘉措经典诗歌三语赏鉴：汉、藏、英 / 罗旦译著 . -- 北京：中国藏学出版社，2023.6
ISBN 978-7-5211-0434-9

Ⅰ . ①久… Ⅱ . ①罗… Ⅲ . ①古典诗歌 - 诗集 - 中国 - 清代 - 汉、藏、英 Ⅳ . ① I222.749

中国国家版本馆 CIP 数据核字（2023）第 081313 号

久久不见久久见：仓央嘉措经典诗歌三语赏鉴（汉、藏、英）

责任编辑　南加才让　马建军
英文编辑　张宁
插图摄影　潘朝奉
封面设计　孟龙
出版发行　中国藏学出版社
印　　刷　北京隆昌伟业印刷有限公司
版　　次　2023 年 8 月第 1 版第 1 次印刷
开　　本　787 毫米 ×1092 毫米　1/32
印　　张　5.25
字　　数　105 千字
书　　号　ISBN 978-7-5211-0434-9
定　　价　45.00 元

图书如有印装质量问题　请与本社发行部联系
E-mail: dfhw64892902@126.com　电话: 010-64892902